現代秀歌

永田和宏
Kazuhiro Nagata

岩波新書
1507

はじめに

私たちは、日々の暮らしのなかで、はたしてどれだけの思いを相手に伝えられているだろう。伝えるべき相手が大切な人であればいっそう、伝えるべき内容が大切なことであればいっそう、それを日常の言葉で伝えることが絶望的にむずかしいことに気づくものである。大切な人に大切なことを伝えようとすると、日常の言葉ははなはだしく無力である。言葉に出してしまうと途端に嘘っぽく聞こえ、気障に見え、しかも思いが深ければ深いだけ、その何分の一も表現できていないことに愕然とする。

そんなとき、歌でなら伝えられるということがある。歌を表現の手段として持つということは、そのようなどうにも伝えにくい、心のもっとも深いところに発する感情を、定型と文語という基本の枠組みに乗せて、表現させてくれるものなのである。私は歌を作っていない人に向かってぜひ歌をお作りなさいと言う機会が多いが、それはこのような歌の力をまざまざと実感しているからにほかならない。

そしてそうした歌の力は、誰かに読まれることによって、さらにいきいきした力を発揮する。一首の歌に、読み手が少しずつ読みの幅を広げることによって、歌はいっそう豊かな世界を開いてみせるようになるだろう。現代の歌壇や数多くの結社誌で月々発表されている、膨大な数の歌も、多くの人に口ずさまれてこそ生命をもつのである。

しかし、それらせっかく現代の歌人たちが身を削るようにして作った作品を、積極的に残していこうという作業は、作るという努力に較べて、恥しいほどにわずかしかなされていない。「いい歌を作ることも歌人の責任であるけれど、いい歌を残していくこともそれに劣らず大切な歌人の責任である」という趣旨のことを、かつて歌人の馬場《ばば》あき子が言ったことがある。私はこれはとても大切な言葉であり、現代に歌を作る者だれもが心しておくべきものだと思っている。同時代に歌を作るとは、そういうことであり、そこに意味がある。

本書でとりあげた歌人たち、そしてその短歌作品を、私は一〇〇年後まで残したいと願っている。二〇〇年残ればもっとうれしい。私たちが古典和歌と呼ばれる歌を、千年を経た現代において読み、味わえる喜びを、私たち自身が次の世代に受け渡していく必要があろう。本書『現代秀歌』の意味も意義も、そこにこそあるのだと思いたい。

はじめに

本書は、二〇一三年のはじめに岩波新書として刊行した『近代秀歌』の姉妹篇にあたる。『近代秀歌』では、落合直文《おちあいなおぶみ》（一八六一年生）から土屋文明《つちやぶんめい》（一八九〇年生）や明石海人《あかしかいじん》（一九〇一年生）までの三一人の歌人の作品、一〇〇首をとりあげた。人によってとりあげた歌の数は大きく違っていて、一首だけの歌人もあれば、斎藤茂吉《さいとうもきち》のように一一首もとりあげた歌人もある。私個人の好みというよりは、できるだけ人口に膾炙《かいしゃ》している歌を心がけるようにした。「おわりに」で詳しく述べるが、『近代秀歌』には、「あなたが日本人ならこれだけは知っておいてほしい」といういわば必要条件としての一〇〇首を択んだつもりである。それは、すなわち「日本人共通の知的基盤」の形成につながるはずだというメッセージを籠めたつもりなのであった。

本書『現代秀歌』は、『近代秀歌』におさめた以降の歌人を対象としている。近現代短歌史には、時代の区切りがある。「現代短歌」の出発をどこに置くかというのもそのひとつである。諸説あるなかで、私自身は、昭和二〇年代後半におこった前衛短歌運動を境目とし、塚本邦雄《つかもとくにお》、岡井隆《おかいたかし》、寺山修司《てらやましゅうじ》らが新しいエコールとして活躍するようになって以降を「現代短歌」と呼びたいと思っているものである。現代歌壇にあって、もっとも長く短歌史に関する考究を続けている篠弘《しのひろし》がその区切りを提唱しており、私もそれに賛成するのである。

しかし、本書では、そのような厳密な近現代の区切りは意識していない。『近代秀歌』でとりあげた以降の歌人が本書の対象である。

前著との明確な違いは、まずとりあげた歌人が一〇〇人である点である。一人一首だけを対象とし、他にも紹介したい歌がある場合は、本文中に挿入することにした。何首もの歌を紹介したい歌人ももちろん多いのだが、そうすると取り落としてしまう歌人の数があまりにも多くなりすぎる。やむなく、一人一首としたのである。いわゆる百人一首という体裁になってしまった。一〇〇という数自体には大きな意味はなくとも、どこかで数の制限はつけなければならず、従って、涙を呑んで収録を諦めた歌人もある。

こういうアンソロジーの場合、どの年齢層までを収録するかも大きな問題である。将来性を考えれば、できるだけ若い層をとりたいとは誰しも思うことであるが、そうするとすでに亡くなった歌人の数が限られる。若い歌人たちは、まだこれからとりあげられる機会はいくらもあるが、亡くなってしまった歌人はいまとりあげておかなければ、どんどん忘れられていくという強迫観念も振り払いがたい。本書では、吉川宏志《よしかわひろし》、梅内美華子《うめないみかこ》らの世代、一九七〇年までの生まれで、主として昭和の時代に本格的な活動を始めた歌人たちをとりあげることとした。

『近代秀歌』でとりあげた歌人に較べて、本書に登場してくる歌人たちは、まだ歴史という時間の濾過作用を受けていない歌人が大部分である。従って、とりあげる歌人の選択、またその歌人のなかのどの一首をとりあげるかについても、否応なく恣意的な要素が入って来ざるを得ない。

こういう作業のあとには、この歌人が入っていないのはおかしい、この歌はこの歌人の代表作ではないなどというクレームがつくのは必定である。誰がその作業を行っても、完璧というものはあり得ないし、必ず違った選択の可能性が示されるものだ。私は、現代に歌を作っているそれぞれの歌人が、それぞれのたとえば一〇〇首を選ぶというような自家版アンソロジーを持つべきなのだと思っている。それら個々については不備なアンソロジーが一〇〇、二〇〇と集まれば、それらに共通してあらわれる歌(積集合と言えばいいのだろうか)として、その時代の秀歌というものは、おのずから残っていくことにもなるのだろう。時間の濾過作用とはそういうことである。

『近代秀歌』を書きながら、あるいは書き終わってから徐々に意識されてきたことに、短歌というものは、決して本棚に奉っておくものではなく、日常生活の場のいろいろな局面において思い出してやることでのみ、ほんとうに生きてくるものなのだという思いがあった。本書も前著と同じく、テーマごとに「恋・愛」「青春」「旅」「四季・自然」「病と死」などの章にわけて歌を紹介したが、いずれも日常生活と関わりの深い項目ばかりである。それら日常の生活の端々に、ふと歌のフレーズが口を衝く、あるいは、歌のフレーズが頭の片隅を過ぎる。そんな思い出されかたにこそ、歌のほんとうの幸せはあるのだろうし、作者の喜びは、そんな場でこそもっとも大きいのだと思う。私は最近「歌を本棚から解放してやろう」と言いつつ、話をすることが多くなった。

本書の章立てには、『近代秀歌』と一箇所だけ違っているところがある。それは「新しい表現を求めて」という一章を新しく設けたことである。私たちは、現代においてまさに「現代短歌」を作っているわけだが、現代短歌には、近代短歌とは別の新しい要素が当然入ってくる。その大切なひとつが、近代には見られない表現の新しさということである。不断に続けられる新しい方法論の模索、大胆な表現への改革の意欲の尖端に、いつの時代も「現代」と名づけられる潮流があるのである。そのような意図を感じながら読んでいただければ幸いである。

目次

本書に引用した歌の表記(字体・仮名遣い等)については、原則として最初に単行本として刊行された際の表記に拠ったが、作者の意向他により改めたもの、あるいは後に刊行された作品集や全集に拠ったものがある。一〇〇首にとりあげた歌については、歌の直後に、最初の単行本の書誌を示した。各章の扉には登場する歌人の写真を掲載した(物故者のみ、二〇一四年九月現在)。

第一章　恋・愛

――ガサッと落葉すくふやうに

近藤芳美

小野茂樹

河野裕子

春日井建

大西民子

たちまちに君の姿を霧とざし或る樂章をわれは思ひき

近藤芳美《こんどうよしみ》『早春歌《そうしゅんか》』(昭23、四季書店)

『早春歌』は昭和二三年(一九四八)に刊行された近藤芳美の第一歌集であったが、それはまた「戦後」という時代の幕開けを告げる若さとのびやかさに満ちた青春の歌集でもあった。この歌集は、多くの青年歌人たちに大きな影響を与えることになったが、なかでもこの時期の近藤の相聞歌は、その数の多さとともに、みずみずしい恋の現代性とその切実さから、誰からも愛誦され記憶されるものとなった。

ここにあげた一首は、昭和一二年の作である。近藤芳美の代表作のひとつであり、戦後短歌の出発を伝える歌であり、さらに戦後の相聞歌を代表する一首ともなった記念碑的な歌である。

この一首を評するとき、誰もが「映画の一場面のような」という表現を用いるが、なるほど戦前、戦後の生活実感とはどこか遊離した場面が思い浮かぶ。自伝小説とも言うべき『青春の碑』のなかで、作者自身がこの一首に触れている。

近藤芳美は朝鮮馬山浦《マサンポ》に生まれているが、学生時代は広島の祖母の家に寄寓し、夏休みになると京城《けいじょう》の両親の家に帰っていた。昭和一二年、そんな帰郷の間に、朝鮮アララギ会員らが、土屋文明を迎えて金剛山で三泊四日の歌会を開いた。文明は長男の夏実のほかに、五味保義《ごみやすよし》ら数名を伴っていた。日韓併合以降、日本の統治下に置かれていた朝鮮との距離感の近さに今さらながら驚くが、のちに近藤の妻となる中村年子との運命的な出会いは、この宿泊歌会においてもたらされたのであった。

バルコンに二人なりにきおのづから會話は或るものを警戒しつつ
吹き流るる霧も見えなくなり行きて吾らのうしろにランプ消されぬ

などの歌とともに、冒頭の一首が作られた。歌集『早春歌』では「山上にて」と題された五首のなかのものである。少女は他の仲間とともに一足先に山を下ることになった。「たちまちに君の姿を霧とざし」は、その一行を見送るときの歌である。

「頂上の平らな岩の上に立ち、私は彼らにむかって手を振りつづけた。しだいに小さくなって行く一行の最後に、しきりに振り返っては答える少女の姿がいつまでも見えていた。岩崖に白い霧が湧き立ち、やがて彼らの姿を覆い包んだ。霧の中に消えた少女のため、ひとりなお私は手を振って佇っていた。」(『青春の碑』第一部)

この歌会のあいだに、なんら直接的な愛の表現はなかったものの、先の歌のように、バルコンに二人きりになったとき(これは『青春の碑』によれば朝の霧の中である)、「おのづから會話は或るものを警戒しつつ」という思いを持ったことは、近藤の内部にも、まぎれもなく少女への思いが芽生えはじめていたことを告げているだろう。なぜ「警戒」しなければならなかったのか。それはやがて間違いなくやってくる本格的な戦争(日中戦争)の故であった筈である。みずからもその戦争には否応なく駆り出されるはずである。それに少女を巻きこむわけにはいかない。そのような躊躇《ちゅうちょ》が、愛の思いの顕在化を抑えたのであろう。

山を下っていく少女を見送りつつ、その時、どんな「樂章」を思ったのか。それは歌のなかにも、『青春の碑』にも記されてはいないが、戦争へなだれようとしている〈外地〉にあって、なお一知識人として流されず立っていたいとする、若い学生の自負を見る思いがする。〈愛の思い〉は現在の若者に変わることはなくとも、戦争あるいは徴兵という否応のない強制を前にして、率直な愛の表白を阻む環境が若い男女にたしかに存在したのである。相聞の純粋な思いの背後に、戦争の影が射していたことを感じ取り、確認しておきたい一首である。

あの夏の数かぎりなきそしてまたたつた一つの表情をせよ

小野《おの》茂樹《しげき》『羊雲離散』（昭43、白玉書房）

ひと夏を一緒に過ごした女性がいる。その間、さまざまの表情に出会った。笑った顔、寂しげな顔、あるいは拗ねたり、怒ったりした顔もあっただろうか。そのどれもみなあなたの顔、表情であった。私に見せてくれたそんな数限りない表情のなかで、あの時、あの瞬間の、あの表情をもう一度私に見せて欲しい、と、そう青年は女性に迫る。そんな無茶な。しかし、無茶を承知でそんな無理強いをするところに、若さの強引さとそれゆえの輝きがあるのであろう。

「あの夏」の輝きもまばゆいものであるが、それがたった一度の夏であり、二度とは戻ってこない夏であるという当然が、切なくも美しい響きとなって遠く谺《こだま》しているようである。

人生の時間は、いつの場合も一回きりのものであるが、わけても青春の時間は、その輝きと不安と、そして枠をはめられることのない夢の可能性において、まぎれもなく〈一回性〉のきわだつ時間であるだろう。結句「表情をせよ」の命令形には、もはや戻ることのない青春を呼びもどしたいという希願も投影されているだろうか。多かれ少なかれ、誰の記憶にもあるはずの「あの夏」である。

小野茂樹は、昭和一一年(一九三六)生まれの歌人。出版社に勤務していたが、昭和四五年のある夜、タクシーに乗っているところを交通事故に遭い、突然命を断たれることになった。多くの同世代歌人に衝撃を与えた。

小野茂樹の「あの夏」が作られたのより少し前に、偶然にも、次のような一首がさらに若い作者によって作られていた。

逆立ちしておまへがおれを眺めてた　たつた一度きりのあの夏のこと

河野裕子『森のやうに獣のやうに』

河野裕子の第一歌集『森のやうに獣のやうに』の冒頭の歌であり、河野一〇代の作品である。少女が自分のことを「おれ」と呼び、相手の少年を「おまへ」と呼ぶ。まだ男女の区別すらなく無心に遊んでいた、ある「夏」の川辺。逆立ちしたまま、男の子がじっと自分を見つめていたのである。

それだけの記憶ではあっただろうが、それが「たつた一度きりのあの夏のこと」と記憶されたのは、その「夏」以降、「おまへ」はあなたになり、「おれ」は私になった、性の目覚めと自覚があり、もうかつてのように無邪気に男女を意識せずにはしゃいではいられなくなったからに違いない。ある夏を境にして、女の子が少女に変わる、そんなひと夏の記憶であったのであろう。青春という時間は、まさにたった一回きりの、切なくも残酷な時間なのである。

たとへば君　ガサッと落葉すくふやうに私をさらつて行つてはくれぬか

河野《かわの》裕子《ゆうこ》『森のやうに獣のやうに』（昭47、青磁社）

二一歳のときに作られた歌だが、初期の河野裕子の代表作のひとつともなった。初句の「たとへば君」という呼びかけが大胆かつ新鮮であり、発表当時、大きなインパクトをもたらした。

河野裕子は、昭和二一年（一九四六）生まれ。昭和四四年、京都女子大学の学生であった時代に、「夕闇の桜花の記憶と重なりてはじめて聴きし日の君が血のおと」をはじめとする「桜花の記憶」五〇首で、戦後生まれの歌人として初めて角川短歌賞を受賞した。さらに昭和五二年、第二歌集『ひるがほ』で現代歌人協会賞を受賞し、繊細な身体性と、大胆な口語表現を取り入れたみずみずしい恋の歌、さらに「たとへば君」の歌のような恋の思いを直截に詠《うた》った歌によって、若手女流歌人のトップランナーとなった。また、夫や子供といった家族の日常を率直に詠い続け、六四歳で乳がんによって死去するまで、世代を越えて、戦後女流歌人の先頭を走りつづけることになった。

掲出歌「たとへば君」は、まっすぐ「君」に呼びかける歌である。歌は、本来「訴《うった》う」から来たものとされている。すなわちみずからの思いを、相手に訴える、聞いて欲しいと迫るのである。「さらつて行つてはくれぬか」は、やわらかな命令と言うべきであるが、また作者の希願でもある。

両腕で落葉を掬いあげるように、「ガサッと」私を抱きあげて、ひと思いに攫って行って欲しいと願うのである。まことに直截な表現であるが、それが浮いてしまわないのは、初句の大胆な表現に起因するだろう。

当時、河野裕子は、「陽にすかし葉脈くらきを見つめをり二人のひとを愛してしまへり」というような歌を作り、恋のジレンマのさなかにあった。そんななかで、いっそひと思いに攫って行って欲しい、私をこの苦しみから解放して欲しいと願ったのであろう。みずからの力では、どちらかの男性を択びとることができない。外部から強制的に自分を拉致してくれるような有無を言わさぬ力を欲したのである。そんな暴力的な男の腕《かいな》を、憧れのように待っていたのだと も言える。

この一首は、当時の河野のそのような個人的な状況を越えて、若い女性の、男の力の暴力性への遥かな憧れとして読まれているようである。歌は、必ずしも作者の作歌時の状況の通りに読む必要はなく、この一首の場合も、より普遍的な若い女性の、みずからを領するかのような力への憧憬ととって、そのような読みはそのままでいいのである。

たつぷりと真水を抱きてしづもれる昏き器を近江と言へり　『桜森《さくらもり》』

河野裕子の代表歌として多くの人が挙げるのが、この一首だろう。「たつぷりと真水を抱きてしづもれる昏き器」が近江という地なのだと詠う。当然、真水は琵琶湖《びわこ》ということになろう。ところが、多くの読者は「昏き器」が琵琶湖なのだと解釈している。文字通り読めば、近江という器が琵琶湖の水を抱えていると読むべきなのだろうが、イメージとして「昏き器」を琵琶湖と読んでしまうのもわからなくはない。作者自身は、先の読みにこだわっていたが、いまや器＝琵琶湖の読みも許しておいていいような気がする。

ただ一つの読み方だけでなく、さまざまな読みを許容するのがいい歌の条件だと私は思っているが、この一首は、単なる叙景歌ではなく、「昏き器」に女体のイメージを重ねて読むという読まれ方もしてきた歌である。真水を抱いて静かに横たわっている女性、そこに母胎へのかすかな郷愁をも感じながら、河野にとっての近江があり、琵琶湖があると読むのである。私自身はそこまで深読みをしたくはないと思うが、多くの読者がそのような読みをするのであれば、それもまたこの歌の読みの範囲のなかにあるというべきなのであろう。

観覧車回れよ回れ想ひ出は君には一日《ひとひ》我には一生《ひとよ》

栗木《くりき》京子《きょうこ》『水惑星《みずわくせい》』（昭59、雁書館）

京都大学理学部の学生時代に作られた、栗木京子の代表作である。

休日、男友達と一緒に遊園地に出かけたのであろう。大きな観覧車に二人で乗った。ゆっくりと地上を離れてゆく観覧車が再び地上に戻ってくるまでの、二人だけの時間。まだ恋人とも言えない友達との淡い会話があったのであろう。そんなふうにして過ごす楽しい今日というこの時間は、私には一生の想い出として残るだろうが、あなたにはたった一日の想い出でしかないのだろうかと、ふと思う。いま二人が共有している時間、それに対する意識のずれが痛切に思われる。

そんな下句の思いを踏まえて読むと、上句「観覧車回れよ回れ」に込められた作者の思いはいっそう切なく響くだろう。片思い、あるいは片思いにも届かない淡い恋情であったかもしれないが、相手の男性には届くことのないみずからの思いを励ますように、あるいはそんな思いのいじらしさをもう一度反芻するように、観覧車に「回れよ回れ」と呼びかけているのである。

多くの若い読者の共感を呼ぶ、恋のはじまりを詠って普遍的な歌である。

栗木京子の第一歌集『水惑星』には、京都で過ごした学生時代を色濃く映した爽やかな歌が数多く収められている。

春浅き大堰《おほゐ》の水に漕ぎ出だし三人称にて未来を語る

大堰川は、京都の嵐山を流れる川である。渡月橋の上流には、ボートを漕げるような広さと深さをもった流れがあり、休日ともなれば多くのカップルでにぎわう一画である。四年間の京都での学生生活も終りに近い頃であろうか。同級生たちと繰りだして、ボートに乗った。ボートを漕ぎながら、京都を離れたのちの新しい生活のこと、あるいは就職のことなどをポツリポツリと話したのだろうか。

「三人称にて未来を語る」に初々しい若さが現われているだろう。漠然と思い描く自分たちの未来、それはまだはっきりした像を持つことはなく、みずからの今後といった切実さはどことなく希薄なのである。なんとなく誰かの未来のようにも思われ、それを作者は「三人称にて」と表現した。集中には、

退屈をかくも素直に愛しゐし日々は還らず　さよなら京都

なる一首もあるが、第一歌集は、四年間を過ごした京都での、栗木京子の青春の全体を包み込んだ一冊となっている。

てのひらに君のせましし桑の実のその一粒に重みのありて

皇后美智子《みちこ》『瀬音《せおと》』(平9、大東出版社)

美智子皇后にはすでに『瀬音』という歌集があり、そこには結婚時から平成八年(一九九六)までの作品が収載されている。宮廷の儀式、歌会始や月次歌会《つきなみのうたかい》に出された兼題を中心としているが、その多くは、決して形式ばった公の歌というものではなく、皇太子妃、また皇后としての立場を踏まえながらも、個としての感情が率直に詠われている。もうひとつ、美智子皇后の歌には、常に韻律が強く意識されているということも特筆にあたいするところであろう。

われわれ歌を詠むものは、ときに言いたいことをつめこみすぎて歌が窮屈になりがちである。意味に縛られすぎるのである。あるいは言葉と言葉のあいだに隙間がないと言ってもいいかもしれない。主張や意味にとらわれて、言葉の流れに詰屈感が残り、音読をしたときに快くこちらの心に届いてこないという歌が多い。多くの場合、作るときも読むときも、歌を目で追って、読んだ気になっているからである。美智子皇后の歌は、読みあげられる場が多いせいであろうか、あるいは生来のものであろうか、言葉がゆったりと余裕をもって流れてゆく。

掲出歌は、『瀬音』の冒頭部、昭和三四年(一九五九)の一首である。この年は、当時の皇太子である現天皇陛下と美智子妃のご成婚の年である。この一首は、結婚直後の東宮御所(常盤松東宮仮御所)での散歩の折りに作られたものであろうか。「桑の実」を一粒摘んで、皇太子が美智子妃の掌に載せられた。共に住んでまだ日が浅く、庭のひとつひとつの樹々や草花を、先輩である皇太子が教えながら歩かれたのであろう。

「桑の実のその一粒に重みのありて」という第三句以降に初々しい喜びが感じられる。「君」が手ずから載せてくれた一粒だからこそ感じられる重みなのであり、その重みには「君」の愛情の重みもまた同時に感じられたのであろう。そしてまた、その一粒の重みには、これから皇太子妃、そして皇后として自らが担うことになるであろう特別の人生が、重みとして確かに予感されてもいたはずである。

『瀬音』には、皇太子浩宮の加冠の儀を詠った長歌一首と反歌も収められており、本歌集のハイライトともなっている。長歌は一部のみ抄出しては趣を損なうことになるので、引用を控えておくが、もう一首だけ忘れがたい歌を引いておきたい。

かの時に我がとらざりし分去《わかさ》れの片への道はいづこ行きけむ

平成七年、文化の日の「道」という兼題のもとに作られた一首である。これ以外の説明はなく、とくに「分去れ」という聞き慣れない言葉があって、少し意味の取りづらい歌である。広辞苑には「別され」として、分家、わかれの意味をあげているが、私は、文字通りの分かれて去っていく道ととっておきたい。ある時にみずからが選択したひとつの道があった。当然、選択しなかった方の道もあったはずで、そのあり得たかもしれないもうひとつの道は、もしそちらを択んでいたらどのような方向へ推移していったのだろうかと思い返す、そのような歌とともにあった。

「かの時」とは何かは明確には何も述べられてはいないが、当然のことながら、それは皇太子妃になるかどうかという選択であったことだろう。皇太子妃として迎えられるということは、国民の誰もが注視する選択であり、その決心には、個人の枠を越えた力も働いていたのかもしれない。しかし、まさにそのような国家的な決定が、ひとりの個人の人生時間を支配するものである場合もある。選択しなかった場合の「道」は、現在みずからが歩んでいる道とは、まったく違ったものであっただろう。美智子皇后の「かの時」はまさしくそのような「時」であった。結婚後三十数年を経た時点で詠まれた歌である。天皇皇后両陛下は、私がこれまで出会ったなかで、お互いの信頼感といたわりのもとで、もっとも仲睦まじいカップルであると思っているが、その立場を選択した若き日を思い返す視線には、おのずから複雑な思いが幾重にも折り畳まれていたはずである。

ごろすけほう心ほほけてごろすけほうしんじついとしいごろすけほう

岡野《おかの》弘彦《ひろひこ》『飛天《ひてん》』（平3、不識書院）

岡野弘彦は、釈迢空《しゃくちょうくう》（折口信夫《おりくちしのぶ》）の内弟子として、折口の晩年、起居をともにし、『折口信夫全集』の編集にもかかわった。國學院大學では国文学を講じるとともに、長く宮内庁御用係として、皇族方の歌の指導にもあたってきた。

岡野弘彦の代表歌としては、

うなじ清き少女ときたり仰ぐなり阿修羅の像の若きまなざし　『冬の家族』

すさまじくひと木の桜ふぶくゆゑ身はひえびえとなりて立ちをり　『滄浪歌』

などをあげるべきであろうが、個人的には「ごろすけほう」の歌をあげてみたい。この一首、実はなにも言っていないのに等しいのである。作者が言っていることはただひとつ「しんじついとしい」のみであろう。

夜、ごろすけ（梟《ふくろう》）の声が遠く聞こえてくる。梟は「ごろすけほうほう」と鳴く。その声だけが聞こえてくる部屋で、心寄せる乙女のことを思っている。その声を聞いていると「心ほほけて」、「しんじつ（きみが）いとしい」と思えてくると詠う。「ほほけて」は「蓬《ほお》けて」、つまり髪がほつれて乱れるように、心がさまざまに乱れることを言う。

この一首では「ごろすけほう」がわずか三十一文字のなかに三度も繰りかえされる。じつに思いきった用法であり、端正な歌を多く作る岡野弘彦であるが、ときにこのような思い切った力業を敢えてするのである。

「ごろすけほう」は、鳥の鳴き声であるとともに、オノマトペ（擬声語）としても用いられているだろう。みずからの心がほどけ、乱れ、「いとしい」という思いのみが募っていく夜の時間、その夜を、自分の心を知ってか知らずしてか、あかつき方まで梟は鳴きやむことをしない。この世で梟と自分だけが生きている存在であるかのように思いを交感しているのである。

蒸しタオルにベッドの裸身ふきゆけばわれへの愛の棲む胸かたし

春日井《かすがい》 建《けん》『未青年《みせいねん》』（昭35、作品社）

まだ幼く、不器用な愛の歌と言えようか。愛を交わしたあと、ベッドに横たわっている裸身の汗を拭いてやる。蒸しタオルという具体が奇妙なエロスを演出しているだろう。しかし、そのエロスはどこか無垢な清潔さに満ちている。「われへの愛の棲む胸かたし」と詠われる少女の胸もまだ幼く、かたいのである。愛を知りはじめた、初めの時期にしかできない愛の歌だ。

春日井建の第一歌集『未青年』は、歌壇だけでなく詩壇、文壇からも期待され、祝福されて出た歌集である。序を三島由紀夫が書き、「われわれは一人の若い定家をもつたのである」とその文を締めくくっている。「定家が頼朝の挙兵をきいて、明月記に、あの有名な一句「紅旗征戎非吾事」を書きつけたのは、十九歳の時であつた。春日井氏が歌といふ形式を選んだのは、宿命といふよりも、一人の抒情的な魂のこのやうな決断である」とも述べ、一九歳で「未青年」一五〇首をもって歌壇（雑誌「短歌」）にデビューした青年の、第一歌集への餞《はなむけ》としたのであった。この歌集の刊行は、まさに安保闘争（日米安全保障条約反対運動）で日本全体が揺れていた昭和三五年（一九六〇）。多くの安保反対の政治詠が発表され、論じあわれる中で、ひとり春日井建は政治的なことはいっさい詠わず、ひたすらみずからの内面をつきつめていた。三島に定家を思い出させた所以《ゆえん》であろう。

歌集名『未青年』は春日井の造語である。未成年はあっても、「未青年」という語はない。しかし、ここには青年以前の、痛々しいまでに傷つきやすい純潔な魂と、震えるような輝き、そしてそれゆえの過剰なまでの暴力や悪への、また同性愛などへの傾斜が、どの歌からも噴き出すように感じられるのである。

童貞のするどき指に房もげば葡萄のみどりしたたるばかり
太陽が欲しくて父を怒らせし日よりむなしきものばかり恋ふ
われよりも熱き血の子は許しがたく少年院を妬みて見をり

個人的には、私は作歌を始めたもっとも早い時期に春日井建に出会った。本人に会ったのはずっとのちになってからであったが、春日井建の「悪への傾斜」とも呼ぶべき世界の暗い輝きに嵌《はま》ってしまったのである。人から借りた歌集を、ほとんど一晩で書き写したりしたのだったが、もし、高校生のときに春日井建の歌に出会っていたなら、間違いなく私自身の道を誤っていただろうと思う。春日井建の歌からは、そのような若者に悪を、そこまで言わなくとも、もう一つの暗い匂いのする道をそそのかす、危険な毒が甘い蜜のように匂ってくる。

かたはらにおく幻の椅子一つあくがれて待つ夜もなし今は

大西民子《おおにしたみこ》『まぼろしの椅子』（昭31、新星書房）

大西民子は初め前川佐美雄《まえかわさみお》の指導を受けて、前川の「オレンヂ」創刊に加わったが、後に木《き》俣修《またおさむ》の「形成」に入り、最後まで「形成」の発行に携わった。結婚をして、男児を死産し、十数年を経て離婚したことが、のちの大西民子の歌の原点として語られることになった。

「かたはらにおく幻の椅子一つ」とは何であろうか。夫のための椅子、いつも夫であった人が座っていた椅子なのであろう。いまはその椅子に座る人はいない。椅子そのものがないのか、椅子はあっても座る人がいないのか、そこはあからさまには言われないが、作者の目には、椅子が見え、椅子に座っていた（はずの）人が見えている。
　そんな光景を、別れてしばらくはなお思い浮かべたのであろう。しかし、もうその椅子を「あくがれ」のように待つこともない。「あくがれて待つ夜もなし今は」と詠われる下句の「今は」には、夫の帰宅を、あるいはその帰還をひたすら待ち続けた数えきれない夜々の悲しみがある。その長い時間を経てきたからこその、「今は」という強い断言なのであろう。

　別れ住むと知らず來し君が教へ子ら九時まで待たせて歸しやりたり
　醉へば寂しがりやになる夫なりき僞名してかけ來し電話切れど危ふし
　共に死なむと言ふ夫を宥め歸しやる冷たきわれと醒めて思ふや

　別居したあともなお続く、二人の葛藤がリアルに描かれる。夫も大西もともに教師であった。別居しているとは知らない教え子たちがやってくる。生徒たちに別れ住むとはついに言えなかった。夫の立場のためでも、自らの面子のためでもない。生徒らに結婚ということに対する幻滅を与えたくないというのとも少し違うだろう。いろいろな話に付きあい、そろそろ九時だから、今日はお帰りと生徒らを送りだす。そのあとの悲しみや寂しさや虚しさが、言葉を越えて読者には実感される。別れてのちも、酔いにまかせて、あるいは酔いを装って作者に近づこうとする夫の弱さを、いっぽうでなお愛しつつ、再びは一緒になることのない作者であった。

第一歌集に、そのような自身にとっての痛い体験を綴るというのは、悲しいことである。大西民子は、夫の不在をひたすら待ち続け、その果てに「あくがれて待つ夜もなし今は」と詠いきったその覚悟を、以後の歌集において貫いた作家でもあった。離婚をして、独りで生きるという決心は、大西の出発点でもあり、またその生涯にわたる覚悟でもあったのである。

「寒いね」と話しかければ「寒いね」と答える人のいるあたたかさ

俵《たわら》万智《まち》『サラダ記念日』(昭62、河出書房新社)

俵万智の第一歌集『サラダ記念日』は、広範な宣伝の効果も相まって、最終的に二六〇万部を超える、歌集としては異例のベストセラーとなった。通常、個人歌集は多くが一〇〇〇部程度の出版である。きわめてマイナーなものであり、数少ない著名歌人の歌集がせいぜい数千部売れるというのが普通である。俵万智の歌集は、そのような歌集出版の常識を覆すとともに、普段短歌に接したことのない若い層にも膨大な読者を獲得し、短歌人口のすそ野を広げるとともに、一冊の歌集が、一種の社会現象として一般社会に受け容れられたのであった。

俵万智の歌では、まずそのかろやかな口語表現に大きな特色があった。会話体を大胆に取り入れ、定型でありつつ窮屈さを感じさせない文体である。むしろ定型であるからこそ、口語調がいきいきと定型という枠のなかで弾んでいるといった軽やかさである。

掲出歌も、誰にも一読すぐわかる内容であり、なんら解説を必要としないものであろう。話しかければ応える人がいる、その当たりまえのようでいて、じつは生活にとってなにより切実な、相槌を打つということの大切さが、「寒いね」という一語を仲立ちにして、実に自然に浮かび上がってくる。ここには人と人がともに居るとはどういうことか、相槌を打ってくれる人が居るということが、どれほど個々の生活に温かな潤いをもたらしてくれるものかという大切な認識がさりげなく詠われている。

思い出の一つのようでそのままにしておく麦わら帽子のへこみ

愛人でいいのとうたう歌手がいて言ってくれるじゃないのと思う

大きければいよいよ豊かなる気分東急ハンズの買物袋

俵万智の『サラダ記念日』は、ひとりの若い女性の第一歌集という枠を越えて、短歌史に大きな意味をもつものとなった。ここにあげた二首目や三首目のように、うまく時代と風俗を取り入れ、軽くしなやかな若者の生活を描くことで、同時代の多くの若者の共感を得た。それは短歌の大衆化と言ってもいいが、なにより短歌というジャンルが、年寄りの文芸、暗く閉鎖的なジャンルという認識を一気に打ち破り、誰もが気軽に作り得る詩形式であることを、広く認めさせることになった。戦後短歌は、長いあいだ、第二芸術論の呪縛から逃れえなかったと言える。この詩形式の背負っていた負の遺産を、いともたやすく打ち破ってしまったのが、そのような歴史からまったく自由な場にあったひとりの女性の歌集だったのである。

一度だけ「好き」と思った一度だけ「死ね」と思った　非常階段

東《ひがし》　直子《なおこ》『春原さんのリコーダー』（平8、本阿弥書店）

短歌という世界にとどまらず、もう少し広い場で活躍しはじめた歌人に俵万智がおり、穂村《ほむら》弘《ひろし》と東直子がいる。二人とも俵万智とほぼ同じ歳である。もう新人とは言えないだろうが、歌人が他の分野で活躍するというよりは、短歌も作るが、それはその人の表現手段の一つ、マルチな才能のうちの一つという位置づけに近いのだろう。東直子は、小説家としても活躍し始めている。

東直子は『春原さんのリコーダー』で歌壇にデビューしたが、このタイトルからして、いわゆる歌集のタイトルからはずいぶん遠い。どこかに物語を感じさせるが、収められている歌も、東直子という個人の素顔を期待して読むと肩透かしを食うという感じである。どの歌にも現実の作者の生活や素顔は見えず、ただ、生活の具体のなかに確かに息づいている若さの気配は、まぎれもなく伝わってくる。

掲出歌を読んで、誰しもそんな場面が一度や二度は自分にもあったことを、はるかに思い出すのではないだろうか。普段あまり意識することもなくつきあっていた一人、その彼を「一度だけ「好き」と思った」ことがあった。その時、その「好き」という感情は、なぜか「死ね」というまったく予期しない感情へとショートしてしまったのである。あまりにも瞬間的に、あるいは衝撃的に「好き」という感情に気づいたがために、あんたなんかもう「死んじまえ！」と叫びそうになった。それは非常階段のなかほど、きっと踊り場かなにかだったのだろう。前後のシチュエーションから離れて、その一瞬の心の動きだけがなんの説明もなく投げ出されているが、まさにその一瞬の、作者にも説明のつかない相反する感情の奔出に、作者自身が戸惑ったのかもしれない。この前に何があったのか、このあとどうなったのか、いかにも物語の一場面のようでいて、そして作者はそれ以上、何も語らない。東直子の歌には、そんな一瞬の感情の起伏を、その振幅のままに投げ出したような歌が多い。

電話口でおっ、て言って前みたいにおっ、て言って言って言ってよ　『青卵』

久しぶりに電話してきた彼が、電話に出た作者に「おっ」と言った。それは昔のままの口癖。あの頃の懐かしいあなたの「おっ」がもっと聞きたい。ただそれだけを述べた歌である。歌を作っていない読者は、これで果たして歌と言えるのかという思いを持つかもしれないが、この大胆な表現、そして、その瞬間の感情の穂先だけを述べたような東直子の歌には、従来の短歌が押し殺してきたような、感情表現の直截性があり、それが若さの表現ともなっているのである。

第二章 青春
——海を知らぬ少女の前に

寺山修司

高安国世

富小路禎子

海を知らぬ少女の前に麦藁帽のわれは両手をひろげていたり

寺山修司《てらやましゅうじ》『空には本』（昭33、的場書房）

海を見たこともない少女がいる。その少女の前に立った麦藁帽の少年が、海ってこんなに広いんだぜと、両手をいっぱいに広げて説明をしているのであろう。映画の一場面のような、くっきりとした映像が読者に伝わってくる作品である。少し得意げな少年の表情まで想像できるだろうか。

たぶんその解釈でいいのだろうが、こんな採りかたはどうだろう。海を見たこともない少女は、海へのあこがれを抱いている。一度見てみたいと思う。幼いときから海を見ることもなく、海とは隔たった片田舎でだけ生きてきた二人。少女の海へのあこがれは、外のもっと大きな場所、まだ見ぬ世界へのあこがれでもあろう。この閉ざされた場から出ていきたいという意志。少年は、自分とは別の「大きな外の世界」へ飛び出そうとしている少女に、行くのは止せ、と両手をひろげて立ちふさがったのかもしれない。俺と一緒にずっとここに居よう、そんな少年のちょっと切ない動作を思うのである。

さて、どちらの解釈を採ればいいのだろう。たぶん多くの読者が初めの解釈をするのだろうと思う。ところが私自身は、初めて読んだとき、何の疑いもなく、あとの方の採りかたをしてしまった。ずいぶん後になって、海の広さを両手で示しているのだという解釈を読んで、なるほどと思った記憶がある。そのほうがすっきりわかる歌になる。しかし、私はいまでも、あとの方の解釈が好きである。これは最初の刷り込みなので、後に「正解」がわかったからといって容易に変わるものではなく、それでいいと思っている。

歌の読みに正解はない。これが私の信念である。どう読めば、自分にとって歌がいちばん立ちあがってくるか、魅力的に映るかが大切なのであって、客観的にこれが「正解」という読みは、短歌にはないのである。

きみに逢う以前のぼくに遭いたくて海へのバスに揺られていたり

永田和宏『メビウスの地平』

私の若書きの歌である。二〇歳のころの歌であろう。あなたに出会って、それまでの暗く沈んだような生活から一変してしまった。いまが幸せであることにはまちがいないが、そんな心浮き立つような時間のなかで、時に、あなたと出会うまえの、もっと暗く絶望的《デスパレット》だった時期の自分にもう一度会ってみたくなることがある。そんな頃の自分にもう一度出会うために、海へのバスに揺られているというのである。「海へのバスに」には、かすかに寺山修司の影響が見られるだろうか。

寺山修司が歌壇で活躍した時期は、わずか一〇年余りの短いものであったが、後続の世代にきわめて大きな影響を残した歌人である。昭和一〇年(一九三五)、青森県弘前市に生まれた。高校時代から俳句を作り、早稲田大学に入学した昭和二九年、「短歌研究新人賞」に「チエホフ祭」五〇首をもって応募し、特選となった。ときの編集長、中井英夫(小説家としても知られ、『虚無への供物』などが代表作)に嘱望されることとなり、第一歌集『空には本』はその四年後の昭和三三年に出版された。寺山修司という存在が、いかにみんなの注目を集めていたかが推しはかられるが、その後は、ラジオやテレビのシナリオ、舞台や映画の脚本、演出などに力を注ぎ、また演劇実験室「天井桟敷《さじき》」を結成するなど、短歌という枠を越えた芸術家として活躍の場を広げていった。昭和四〇年の『田園に死す』以降、短歌作品はなく、昭和五八年に肝硬変などのために、四七歳で亡くなった。

この一〇年は、寺山にとっても、当時の歌壇にとっても、近代短歌からの脱却という意味で大切な一〇年であった。塚本邦雄《つかもとくにお》、岡井隆《おかいたかし》と寺山の三人は、前衛短歌の旗手として紹介されることが多いが、「前衛短歌運動」と称される運動の中心的な担い手がこの三人であった。

近代以降の短歌では、作品のなかにあらわれる「私」は、作者本人、すなわち現実の〈私〉以外のものではなかったが、作品のなかの「私」を、作者本人とは別の存在と考えようというのが前衛短歌の思想であった。

近代の短歌が、現実の〈私〉に縛られ過ぎてしまったことによって、そこで詠まれる風景は作者の身のまわりのものでしかなく、感情は自己の思いの吐露、あるいは繰り言に近い湿った抒情でしかなくなってしまった。想像上の自己を作品に登場させることによって、どこまでも多様になれる〈私〉の感情表現として、短歌作品の抒情の幅を革新したいとするのが前衛短歌運動であった。多様な〈私〉、フィクショナルな〈私〉の導入による表現領域の拡大という点に関しては、前衛歌人のなかでも寺山修司の問題意識が突出していた。

かきくらし雪ふりしきり降りしづみ我は眞實を生きたかりけり

高安国世《たかやすくによ》『Vorfrühling』（昭26、関西アララギ會高槻発行所）

『Vorfrühling』は高安国世の第一歌集である。その冒頭歌がこの一首。昭和九年（一九三四）の作であり、「決意と動揺と」と題された一連七首のなかにある。「早春、医科の試験準備中、永年ためらひためらひしてゐた心を遂に決して、生涯を文学に捧げることにし、父母にも嘆願し説得して、文学部に志望した。自分としてはせい一ぱいの努力で、その時の異常な興奮は数週間しづまる所を知らなかつた」という詞書が付されている。

高安国世の生まれた高安家はもともと医家の家系であった。大阪の道修町《どしょうまち》に「高安病院」を経営し、父も兄弟もみな医師であった。高安国世も当然のことながら医師となるべく、芦屋の甲南高校時代は、理科乙類で学んでいた。一方で、母高安やす子は斎藤茂吉の高弟の一人であり、伯父に劇作家としてイプセンの翻訳などで著名な高安月郊《げっこう》がいるなど、文学的にも恵まれた環境であった。大学受験に際し、どうしても文学を捨て切れず、ぎりぎりのところで志望の変更を行ったのである。その折りの歌が掲出歌。

「かきくらし」の「かき」は、「掻き消える」や「掻き曇る」などと用いられる接頭語であり、雨や雪などがあたり一面を暗くするように降る様子を表わす。雪が降りしきるさまを「ふりしきり降りしづみ」とリフレイン的な対句表現によって表わし、緊張した律調を獲得した。このリズム上の切迫感は、そのまま下句の「我は眞實を生きたかりけり」という決意へと直結するのであるが、必死の思いの表白が韻律の緊張感と見事に一致し、上句から読み進みつつ、徐々にボルテージをあげていく内面の動きが韻律に如実に感じられる。

「我は眞實を生きたかりけり」は表現としてはやや生硬でこなれないものだが、「かりけり」という結句のテンションの高さのなかで、作者が不退転の決意をなしたことは、第一歌集の冒頭歌であるばかりでなく、その後の文学者としての高安国世を決定づける一首ともなった。高安は京都大学文学部に入学後、ドイツ文学、なかでもドイツの詩人、リルケの研究者として多くの業績を残し、京都大学教授として定年を迎えることになる。

昭和九年、大学へ進学するのはほんの一握りの若者たちという時代であるが、大学進学に当たって、自らの今後の進路に懊悩し、そのなかで翻然と決意するという状況は、いまの学生たちにはどう映るのだろうか。親が決めたから、先生が勧めてくれたから、あるいは偏差値から考えてこの分野が妥当だから、といった決定が多くなされているようである。しかし、今も昔も大学での進路は、多くの場合その人の生涯の方向性を決定するものだ。高安のように劇的な進路変更ばかりを勧めるわけではないが、なんとなくモラトリアム的に大学へ進むのではなく、大学に入る前に、自分はほんとうに何をやりたいのかを、ひとりひとりが自分で考えてみるべきであろうということを、この一首ははからずも示しているようにも思えるのである。

ちなみに高安国世は私の歌の師である。京都大学の学生短歌会を創設するというときにたまたま私もそれに加わり、その後、高安の主宰する「塔」短歌会に入会した。現在は高安国世を継いで、「塔」短歌会の主宰ということになっている。前著『近代秀歌』で書いたことだが、私を短歌に導くきっかけを作ったのは高校の国語教師、佐野孝男先生であった。そして、私が歌人として生きられるようになったのは、高安国世を師とし、「塔」という集団に加わったことが大きい。

高安国世は、ぎりぎりのところで既定の進路を変更し、生涯の職として文学に道を求める決意をしたが、同じように、自らの生き方を自らの手で積極的に択びとり、生涯、その生き方をつらぬいた女性歌人がいた。

睡蓮の円錐形の蕾浮く池にざぶざぶと鍬洗ふなり

石川不二子《いしかわふじこ》『牧歌』(昭51、不識書院)

石川不二子は東京農工大学農学部の学生であった昭和二九年(一九五四)、「短歌研究」第一回五〇首詠に応募して、推薦となった。その折りの歌である。ちなみに、このときの特選は中城《なかじょう》ふみ子の「乳房喪失」であった。

農学部の学生としての実習である。土のついた鍬を池で「ざぶざぶと」洗うのである。やっと実習が終ったという実感、その余裕が池に咲く睡蓮の花に目を向けさせる。上句「睡蓮の円錐形の蕾浮く」が描写としてすぐれていよう。池に咲く睡蓮は歌の素材としてよく詠われても、蕾が詠われることは比較的少ない。その蕾を「円錐形の」と形容したのは、いかにも理系の女子学生の視線である。

石川不二子には、多くの女性の歌が持っているような過剰なまでの情緒への傾斜が少なく、簡潔で的確な対象の把握に清潔感が漂う。それは若い一時期だけのことではなく、生涯を通じて、むしろ禁欲的なまでに、過剰な抒情を抑制しつつ詠いつづけた歌人であったと言えよう。

石川は、大学卒業ののち、結婚した夫と、学生時代の仲間たち八人とともに、島根県三瓶開拓地の農場に入植した。開拓の仲間たちとは「財布も釜も一つ」の共同生活であった。昭和三六年のことであり、戦後という時代を色濃く映した、一種のユートピア建設であった。しかし実際には、莫大な借金を抱えながらの共同生活であり、冬は豪雪、ひどい湿気のために畳や窓枠、根太が腐り、一家族に六畳の小さな部屋がたった一室という状況であったという。そんななかで、石川不二子は五人の子供を育てた。

荒れあれて雪積む夜もをさな児をかき抱きわがけものの眠り　　『牧歌』

六畳に親子七人が眠る。昼間の過酷な労働に心身ともにへとへとだったのだろう。外は雪である。寒さに耐えるためにお互いに抱きあうように眠る。その眠りをみずから「わがけものの眠り」と表現した。石川はさらに二人の子を生み育てることになるが、一貫してその歌には労働の現場が詠われる。現実の生活を直視し、それらをのびやかに自然体で詠い続ける作品は、健康的であり、いわゆる情念の世界の暗さからは遠いものであった。労働の現場に身を置きつづけるという決意とともに、自らの択んだ生き方を自ら肯定してやるという、それは石川不二子の自恃《じじ》のなせるところでもあったであろう。

石川不二子が自らの手で、困難ではあっても理想と思える生き方を選択したのとは対蹠《たいしょ》的に、自己の意志の働き得ないところで、家族のために、自らの青春を費消せざるを得ない歌人もあった。

処女にて身に深く持つ浄き卵《らん》秋の日吾の心熱くす
富小路禎子《とみのこうじよしこ》『未明のしらべ』(昭31、短歌新聞社)

富小路禎子は、子爵富小路家の次女として生まれた。京都には、富小路という南北の通りがいまも残っているが、この通りに面して富小路家はあったはずである。父は貴族院議員であったが、戦後の混乱期のなかで、昭和二二年(一九四七)旧華族制度の廃止に伴い社会的地位を失うと、もはや働く気力を喪ってしまった。敗戦直前に母を亡くしていたこともあって、禎子は何度も職を転々としつつ、父との生活を支えるべく働かなければならなかった。

そのような生活のなかで、富小路は生涯独身をつらぬくことを覚悟していったようである。

おそらく選択の余地なくという形で生活に追われていたということもあろうが、もう一つは、「急ぎ嫁《ゆ》くなと臨終《いまは》に吾に言ひましき如何にかなしき母なりしかも」と詠われるように、結婚生活がかならずしも幸せではなかった母を見て、結婚という選択を敢えてしなかったのかもしれない。あるいは、独り身という聖なる場に身を置くことに対するあこがれもかすかにあったのだろうか。

この一首は、生涯独り身をつらぬく覚悟を持ち、生まざることを選択した自らを詠ったものである。「処女」のまま、身のうち深く秘している卵。その存在を思うとき、それは「浄き卵」、すなわち聖なるものとして、富小路の心を熱くする。「秋の日」がその思いをいっそう浄化しているようでもある。卵子は、当然のことながら、受精によって子孫を作るためのものである。独身で生涯をすごす女性にとっては、実用的な観点からは無用のものである。しかし、無用であるがゆえに、身のうち深く宿された卵は美しく聖なるものとしてイメージされる。聖処女のような存在として、自らをかすかな陶酔性とともに悲しんでいるのでもあろう。

女にて生まざることも罪の如し秘《ひそ》かにものの種乾く季《とき》

いっぽうでこのような歌も同じ歌集に収められている。「生まざる」存在としてのみずからを浄らかな存在と想像するいっぽうで、「罪の如し」とも感じるのである。女であればとうぜん生むことを期待されてもいるし、みずからも望んでいる。その女であるみずからが、生まない選択をしたことを罪のようにも感じざるを得ない。

生む、生まないという選択は、どちらかに決めてそれで迷いなしなどという単純なものではないだろう。迷いつつ決意し、決めてしまってなお迷う。そんな心のアンビバレンツ(二律背反)こそ、自らの心情に深く寄り添った感慨だと言えるだろう。

あきかぜの中のきりんを見て立てばああ我といふ暗きかたまり

高野《たかの》公彦《きみひこ》『汽水の光』(昭51、角川書店)

「あきかぜの中のきりん」を見上げる作者がいる。きりんは優雅な生き物である。透明な秋の空間を、首の上のほうで風を感じながら、ゆっくりと歩いてゆくきりん。進化の奇跡とでも呼びたくなるようなそんな存在を前にすると、自分という存在がいかにも小さく、せせこましく、そして暗い塊と思えてくる。上句の爽やかさから一転、下句では暗く内向してゆく視線が、「ああ」という感嘆詞を伴って、自らの卑小さをくっきりと浮かび上がらせるようである。若く内省的な視線が強い印象を与えるが、いっぽうでその「暗きかたまり」は、小さいだけではなく、どこかに自らも律しえないような深い混沌をも抱え持っているような印象を与えるであろう。

この一首にみられるように、高野公彦は若いときから、確かな手触りのある感覚で、奥行きのある、彫りの深い歌を作ってきた。自らも公言するごとく「感覚的人間」として、なにより自らの感覚に忠実に作歌を行っている。

みどりごは泣きつつ目ざむひえびえと北半球にあさがほひらき　『汽水の光』

風いでて波止《はと》の自転車倒れゆけりかなたまばゆき速吸《はやすひ》の海　『水木《みづき》』

いずれの一首も、内容的に何か明確なメッセージを伝えようとする作品ではない。嬰児《みどりご》(赤ん坊)が泣きながらめざめるという景と、朝顔が花を開くという景。その二つの景はなんら意味的な繋がりはないのである。だが、そこに提示された二つの景のあいだを、読者が自らの回路のなかで自在に行き来できるようになったとき、夏の朝のひえびえとした爽やかさのなかで、「北半球にあさがほひらき」という大きなイメージが、一気にひろがる。特に「北半球に」という地球的な、あるいは宇宙的な視線が、「ひえびえと」という感覚へとショートし、その大きな景のなかに、泣いている嬰児と朝顔がどこか懐かしい既視感とともに見えてくるのである。
「波止の自転車」の歌も美しくも儚げな景である。「速吸の海」は高野公彦の郷里愛媛県と、大分県のあいだにある瀬戸、豊予《ほうよ》海峡である。波止に止めてある自転車が、海風に倒れていった。スローモーションの画面を見ているように、静かにゆっくりと倒れたのだろう。背後にはまばゆいばかりの光をまとった瀬戸。作者本人については何も語られていないが、ここに見られる感覚は、まさに青春期そのものの感覚であると誰にも納得されるものである。

電線にいこふきじばと糞するとはつかにひらく肛門あはれ　『水行《すいこう》』

感覚の冴えたみずみずしい歌を作る高野公彦であるが、いっぽうでこんなおもしろい歌も作る。電線に止まっている雉鳩を見上げている。と、その肛門が「はつかに」(かすかに)開き、糞が落ちてきたというのである。まことに何の意味も含みもない歌だが、こんなところを面白がって見ているのかと、私たちは、作者の視線そのものに新鮮な驚きを感じるのである。「はつかにひらく肛門」は実に的確な把握であるが、それを結句で「あはれ」と詠い納めるところに、どこかほのぼのとした温かさをも感じることになるだろう。

夏の風キリンの首を降りてきて誰からも遠くいたき昼なり

梅内美華子《うめないみかこ》『若月祭《みかづきさい》』(平11、雁書館)

高野公彦は「あきかぜの中のきりん」を見て、「暗きかたまり」としての自らの存在を意識したが、梅内美華子は夏の風に吹かれるキリンを見て、「誰からも遠くいたき昼」と思う。誰からも遠ざかって、一人でいたい。そんな時は、多かれ少なかれ誰にもあるものだ。キリンはどうやらそれを見る人間に、己れの存在について何かを考えさせるものであるようだ。あまりにも優雅な歩きざまや、すっと背を伸ばして空に首を延べているさまが、純粋な生命の存在を感じさせるのだろうか。

梅内美華子は二一歳のとき、新人の登竜門と位置づけられる「角川短歌賞」を受賞した。受賞作のタイトルは「横断歩道《ゼブラ・ゾーン》」。そのタイトルをそのまま用いた第一歌集『横断歩道《ゼブラ・ゾーン》』、第二歌集『若月祭《みかづきさい》』の二冊の歌集は、まさに青春の歌集というにふさわしく、若さのしなやかさが前面に出た歌集であった。第一歌集が二〇代前半、京都で過ごした学生時代の歌、そして第二歌集が、二〇代後半の歌である。二〇歳代に二冊の歌集を持つというのは、現代の歌人でもそう多くはないだろう。周囲からの期待とともに、歌人として自らを恃むところの大きい若手歌人であったことがわかる。

階段を二段跳びして上がりゆく待ち合わせのなき北大路駅　『横断歩道』

生き物をかなしと言いてこのわれに寄りかかるなよ　君は男だ

抱きながら背骨を指に押すひとの赤蜻蛉《あかあきつ》かもしれないわれは　『若月祭』

ういういしいなどというありきたりの言葉が不意に口を衝きそうになって驚いてしまうが、一首目の躍動感はまさに二〇代前半の足取りであろう。梅内美華子は同志社大学の学生として、「京大短歌会」にも参加し、京都の同世代の学生たちとともに、歌に関わる熱い時代を過ごした。一首目では、待ちあわせがあるから二段跳びに駆けあがっていくのではなく、待ちあわせがなくても駆けあがるのだという。自分でさえ抑えきれない若さの発露である。二首目では、センチメンタルな恋人にカツを入れているという風なのが、いかにも現代的なカップルのありようとしておもしろい。三首目では、背中を指で押されながら抱かれている自分は、この人にとっての赤とんぼかもしれないと不意に思う。標本にするために背中にピンを刺すという感じだろうか、それとも少年が蜻蛉をつまむ時のような、羽交絞《はがいじ》めに近い抱かれ方だったのだろうか。いずれとも特定しがたいが、下句が魅力的な一首である。

このような歌集を読んでいると、短歌はやはり青年の文学であるのかもしれないと強く思う。近代においては、歌はまさに青年らの感情表現の第一の手段であった。しかし、太平洋戦争の敗北を契機として、歌壇には「第二芸術論」の嵐が吹き荒れ、短歌は青年がその志を賭けてなす文学であるとは考えられなくなった。多くの青年たちは、自己表現を他の表現手段に求めていったが、ようやく梅内たちの世代になって、第二芸術論の呪縛から解き放たれ、歌を作っていることを堂々と言えるような風潮のなかで作歌が可能になったのかもしれない。歌が再び青年の感情表白のための具となったのだと言えるであろうし、それはそのまま これからも続いて欲しいとも願うのである。

黄のはなのさきていたるを　せいねんのゆからあがりしあとの夕闇

村木《むらき》道彦《みちひこ》『天唇《てんしん》』(昭49、茱萸《ぐみ》叢書)

昭和三九年(一九六四)、若い世代の歌人を中心とした「ジュルナール律」という八頁の薄い冊子が編集された。翌年にかけて七冊を出しただけの短命な雑誌であったが、その三号に村木道彦の「緋の椅子」一〇首が掲載された。「ジュルナール律」という雑誌の短歌史的意味は、村木道彦という名前と一対一で対応している。当時の若い世代の歌人たちにそれほど大きなインパクトを与えた。

するだろう　ぼくをすてたるものがたりマシュマロくちにほおばりながら
水風呂にみずみちたればとっぷりとくれてうたえるただ麦畑
あわあわといちめんすけてきしゆえにひのくれがたをわれは淫らなり
めをほそめみるものなべてあやうきか　あやうし緋色の一脚の椅子

いずれも「緋の椅子」一〇首のなかの歌である。若者の持つしなやかな感性がつかんだ「存在のあやうさ」とでもいったものが、やわらかい表現のなかにさりげなく示されていた。ひらがなを多用し、一語か二語の漢字が絶妙に配置される。輪郭そのものがあやふやな存在としての青年の、けだるいような存在感が漂っている。

掲出歌を普通の歌のように書けば「黄の花の咲きていたるを　青年の湯からあがりしあとの夕闇」となるであろう。これと較べてみれば、そのひらがなの効果はひと目でわかる。どこかどうでもいいような倦怠感が漂う。初句で「黄のはな」と表現されたのは菜の花であろうか、月見草であろうか。それらの花々と作者とをすっぽり包み込むように迫る夕闇が、殊更に強い印象を残すのである。

村木道彦を考えるとき、彼が登場した時代を押さえておくことは大切である。どんな作家といえども、時代と断絶した存在であることはできない。必ず同時代からの干渉を受けて、作品活動がなされるものである。昭和四〇年という年は、六〇年安保闘争と、七〇年学園闘争の狭間にあって、奇妙に明るく、茫漠とした不安の蔓延していた時代であった。若者たちが、「連帯」という合言葉を携えながら、多くの集会で互いの存在を確かめあっていた時代である。村木道彦は、そのような時代の動きとはいっさい没交渉に、みずからの文体で、自らの存在の不安定さだけを詠っていたように思われる。村木が活躍した時期はきわめて短いものであったが、その青春性と文体は、後の世代に大きな影響をもつことになった。

さらば象さらば抹香鯨たち酔いて歌えど日は高きかも
佐佐木幸綱《ささきゆきつな》『直立せよ一行の詩』(昭47、青土社)

村木道彦とは逆に、骨太い青春性を謳歌した歌人に佐佐木幸綱がいた。佐佐木幸綱は、佐佐木信綱の孫。父治綱も歌人であった。早稲田大学在学中に早稲田短歌会に入会、自らの肉体感覚を基調に、歌を情緒の文学、頭のなかの文学という閉鎖性から解放し、行動をともなったダイナミックな、躍動感に満ちた歌を作り続けてきた。はげしく流動する現代社会への批判的な視線を確保しつつ、いっぽうで専門の国文学、特に古典和歌から近代短歌までを幅広い視線から論じてきた、現代短歌のオピニオンリーダーのひとりである。

掲出の一首は、酔ったときの歌である。酔って、高歌放吟をしているのである。意味はない。ただ何か大声で歌うか、叫ぶかしなくては、若い心の内側からの圧力に抗しきれない、そんな感じであろうか。呼びかける相手は、象であり、抹香鯨である。陸上の最大の哺乳類と、海に生息する最大の哺乳類。それら大きく、悠然と生きている存在に対して、大声で呼びかけている。肩でも組みたい雰囲気である。このせせこましい、息が詰まるような現代の社会で生きていかなければならない自分たちの、ちっぽけな存在を当然意識していたはずである。

昼日中から酔っぱらって、大声で歌っている。あられもない青春である。しかし、そのあられもなさがまた自らを支える根拠でもあったことだろう。若い時期の私は、まるで自分のことを詠っているかのようなこの一首を切実に愛したものだ。

月下独酌一杯一杯復《また》一杯はるけき李白相期《あいき》さんかな　『直立せよ一行の詩』

佐佐木幸綱の歌は、多くの場合、スケールが大きいが、呼びかける相手は象や鯨だけではない。彼が酒の席をともにするのは、たとえば李白である。

兩人對酌山花開　　両人対酌《りょうじんたいしゃく》すれば　山花《さんか》開《ひら》く

一杯一杯復一杯　　一杯一杯《いっぱいいっぱい》　復《ま》た一杯《いっぱい》

我酔欲眠卿且去　我《われ》酔うて眠《ねむ》らんと欲《ほっ》す　卿《きみ》且《しば》らく去《さ》れ
明朝有意抱琴來　明朝《みょうちょう》意有《いあ》らば　琴《こと》を抱《いだ》いて来《きた》れ
（李白「山中與幽人對酌」、武部利男注『中国詩人選集』）

盛唐の詩人、李白に「山中《さんちゅう》にて幽人《ゆうじん》と対酌《たいしゃく》す」という七言絶句がある。李白の詩のなかでも有名なもののひとつである。佐佐木幸綱はこの詩から一節を借りてきた。もちろん「一杯一杯復一杯」の部分がそれである。李白には、別に「月下独酌」という十四句からなる五言古詩があり、佐佐木はこの「月下独酌」のタイトルも一首のなかに組入れている。一首の上句は、すべて李白から借り、その「はるけき李白」に「相期さんかな」と詠うのである。李白を酒の友として、ともに詩歌を語り合いたい。そんな壮大な意志を感じさせる歌である。

第三章　新しい表現を求めて

――父よ父よ世界が見えぬ

塚本邦雄

葛原妙子

革命歌作詞家に凭りかかられてすこしづつ液化してゆくピアノ

塚本邦雄《つかもとくにお》『水葬物語』（昭26、メトード社）

明治になって、正岡子規《まさおかしき》らによる意識的な運動によって、いわゆる旧派和歌から近代短歌が分離・誕生した。そこで生まれた多くの愛すべき歌については、前著『近代秀歌』に述べたとおりであるが、その近代短歌にくっきりとした終止符を打ったのが、塚本邦雄に代表される前衛短歌運動であった。近代短歌と現代短歌をどこで分けるのかについては、短歌史上でもなお諸説があるが、前衛短歌の出現を以てその区切りとするという見かたが、ほぼ定着しつつあり、私自身もその考えをもっている。

前衛短歌運動の旗手と見做されたのが、塚本のほか、岡井隆、寺山修司であり、それに春日井建などを加えて論じられることも多い。昭和三〇年（一九五五）以降に歌を始めた若い歌人たちで、塚本邦雄らの影響を被らなかった歌人はほとんどいないのではないかと思われるほど、彼らによって推し進められた前衛短歌運動は大きな意味と影響力をもっていた。個人的なことを言えば、私が歌を始めた当時は、前衛短歌こそが現代短歌、といった雰囲気であった。

この一首は、近代から現代へと短歌の世界を一変させた記念碑的な一首であるとも言えるが、昭和二六年、塚本邦雄の第一歌集『水葬物語』の巻頭を飾った一首であった。塚本は、革命歌の作詞家に凭りかかられたピアノが、サルバドール・ダリ描くところのぐにゃりと変形した時計のように、「すこしづつ液化してゆく」と詠う。そこには強い風刺がある。革命という言葉に酔ったような中途半端な甘い革命歌の歌詞、それを作った作詞家もろともに、革命歌を奏でるピアノも溶けはじめると詠うのである。

戦後まもなくという時代を押さえておく必要があるだろう。多くの進歩的な知識人にとって、革命という言葉がまだ信じられ、わが国にほんとうに革命が起こるかどうかとは別に、その言葉に希望への予兆に近いものが託されていた、そんな時代である。そのような時代状況のなかで、ありもしない甘い幻想に酔っているような作詞家、知識人、そして民衆への痛烈な皮肉が、この一首には込められていたのである。

発表当時、この歌は歌壇的にはほとんど注意を引くこともなかったし、無視されていたというべきだが、近代の短歌が色濃く持っていた〈私〉個人の日常的な報告歌というものとは正反対の、比喩と風刺を前面に出し、そしてロマネスク的雰囲気を濃く醸し出した作品である。

この一首はまた、従来の短歌的韻律に従って読み下すのがむずかしい音の構成にもなっている。五七五七七で読もうとすれば、「革命歌・作詞家に凭り・かかられて・すこしづつ液化・してゆくピアノ」となるが、これは意味の切れ目とは大きく違っている。三十一音という音数律は厳密に守りながら、句の切れ目を意味の切れ目から解放した。このような手法は「句割《くわ》れ・句跨《くまた》がり」と呼ばれるが、塚本によって積極的に導入されたこの手法は、近代短歌的な滑らかな韻律に流されることを嫌い、韻律よりは意味を重視しようとするもので、塚本邦雄以降、現代短歌では多く用いられる手法になってきた。

五月祭の汗の青年　病むわれは火のごとき孤獨もちてへだたる　『裝飾樂句《カデンツァ》』
馬を洗はば馬のたましひ冴ゆるまで人戀はば人あやむるこころ　『感幻樂』
いたみもて世界の外に佇つわれと紅き逆睫毛《さかまつげ》の曼珠沙華
ほほゑみに肖てはるかなれ霜月の火事のなかなるピアノ一臺

塚本邦雄において論じるべき歌をあげてゆけば、きりがないほどであるが、ここにあげた作品はいずれもよく知られたものばかりである。五月祭はメーデーととっておいていいだろう。

「汗の青年」は健康な身体と精神を持ち、社会的行動に積極的に関わっている青年である。いっぽう「病むわれ」は、彼ら健康な社会人からは一線を画し、「火のごとき孤獨もちてへだたる」と詠う。これは嘆きではなくて自恃なのである。

この頃の塚本邦雄が結核療養中であったことが、のちになってわかったが、作者は決してそのような個人的な事情を歌の表面には出さない。ここで詠われているのは、健康さだけが取り柄のような青年への嫌悪感あるいは侮蔑感と、精神に負の部分、陰の部分を抱えて、彼らからはっきりと自らを峻別するという自負、そして、それゆえにいっそう惹かれざるを得ない「健康な普通」への羨望の思いであろう。

塚本邦雄のピークは第六歌集『感幻樂』にあるだろうと私は思っているが、次の三首もいずれもよく知られた歌である。二首目は「花曜《かよう》――隆達節によせる初七調組唄風カンタータ」という一連中の一首。「花曜」は「歌謡」に通じ、『梁塵秘抄《りょうじんひしょう》』や『閑吟集《かんぎんしゅう》』などに傾倒していた時期の、古典歌謡を意識した一連である。初句七音で統一されており、「馬を洗はば」もその例。馬を洗うなら、その「たましひ冴ゆるまで」洗え、人を恋うなら人を殺めるほどに恋えというのである。愛の極限は、相手を殺めてしまうほどの激しさにあるというのが、塚本の美意識であった。

「いたみもて」の一首では、一読「紅き逆睫毛の曼珠沙華」に驚かされる。曼珠沙華《まんじゅしゃげ》(彼岸《ひがん》花《ばな》)の花を「逆睫毛」と形容したのである。言われてみればなるほどとその形容の的確さに膝を打つ以外ないが、これまで誰があの花を「逆睫毛」と表現したであろう。塚本の卓抜な比喩は、世界を見る新しい見方を読者に提供するものであり、その作品を通して、世界はまったく違った風に見えてくる。この一首は、世界から疎外されている精神の痛みを表現している歌ではあるが、そんな痛みのなかで、普段見慣れた対象も、こんな風にも見ることができるのかという、世界の新しい見方を提示した歌でもある。

もう一首「ほほゑみに肖て」の歌についても触れておきたい。「羞明——レオナルド・ダ・ヴィンチに獻ずる58の射禱」という一連の最初の歌。冒頭示したように、ピアノは『水葬物語』以来の塚本好みの素材だが、ここでは「霜月の火事のなか」のピアノである。暗く、遠い霜月の火事、そのなかに今しも炎に包まれようとしているピアノがある。幻想の世界である。炎の赤とピアノの黒の対比。「ほほゑみに肖て」からは当然、モナリザの微笑《ほほえ》みが想起されるだろう。副題が示すとおりダ・ヴィンチが強く意識されている。モナリザが永遠の微笑みを見せていたように、いま炎に包まれようとしているピアノも、燃え尽きてもなおその形象だけは、そして微笑みだけは永遠に残るかのような、悲痛な美しいイメージとして描かれている。幻想ではあるが、塚本邦雄が幻想し得る美の極致を詠い止めようとしていたのだと読める。

塚本邦雄の歌は、自己一人称を離れて、〈私〉が遠く〈われわれ〉にループを描いて接続するような、個のあり方を問うものとなっている。そのために、直喩、暗喩、そして風喩などを駆使して、世界の見方の常識性を打破し、かつ悪への傾斜やニヒリズムへの嗜好をにじませながら、黙示録的世界を暗示するような作品世界を展開したのであった。

父よ父よ世界が見えぬさ庭なる花くきやかに見ゆといふ午《ひる》を
岡井《おかい》　隆《たかし》『天河庭園集』（昭42、思潮社）

塚本邦雄が世界の暗部を反世界的に見ていたのと対照的に、もう一人の前衛の雄、岡井隆は「世界が見えぬ」と詠う。この一首は素直な詠いかたである。さ庭には花が咲き乱れている。その花は「くきやかに」見える。しかし、作者には、そんな昼にも「世界が見えぬ」のである。「世界」は、いわゆる社会と言ってもいい。

もちろんこの「見えぬ」は比喩的な使用法である。見えているのは、世界の表層にしかすぎない。表層の象徴たる「花」は見えても、その奥にあるはずの世界の〈意味〉が作者にはどうしても見通せない。人々は、目の前に見えている世界だけを見、安穏として、なんら疑いを抱くということもない。そんなナイーヴな危うさに苛立ち、意識的な作者の目に見えてこない世界に焦る。そこにパセティックなまでの、「父よ父よ世界が見えぬ」という呼びかけが生まれるのである。

岡井隆は「アララギ」にルーツを持ち、土屋文明の弟子、近藤芳美に兄事した歌人でもあった。塚本邦雄が美的造型性においてより際立っていたのと対照的に、初期の岡井隆は、より社会へ、そして状況への傾斜を強く感じさせる歌を作っていた。

海こえてかなしき婚をあせりたる権力のやわらかき部分見ゆ
右翼の木そそり立つ見ゆたまきはるわがうちにこそ茂りたつみゆ　『朝狩《あさかり》』

「海こえてかなしき婚」の「婚」とは直接的には、一九六〇年の日米安全保障条約の改定を指しているだろう。いわゆる六〇年安保である。「権力のやわらかき部分」とは、その「婚」を焦った権力のやわらかい部分、すなわち政治的な思惑の謂いである。普段は隠されている恥部が、焦りのゆえにいま露呈してしまったと詠う。暗喩を駆使した象徴的な詠い方である。「右翼の木」は、自らのなかにも存在する右翼的な部分に鋭い視線をあてた歌である。いかに進歩的なことを言っていても、己れの深部を見据えてみれば、自らの内部にも紛れもなく「右翼の木」がそそり立っているのが見えると詠う。普通は、そのような内部の恥しい部分には目をつむりたいものであるが、岡井は自らの裡にある反動的な部分をそのまま白日のもとにさらけ出した。当時、権力や体制に対して、もっとも激しい言葉の矢を放っていた岡井自身の言葉であるだけに、この一首が同世代に与えたショックは大きかったのである。お前はどうなのだと、問いかけられてもいるのである。この一首は、詠うという作業のなかで、初めて見えてくる内面の真実というものがあるということを、教えてくれてもいる。

歳月はさぶしき乳《ちち》を頒《わか》てども復《ま》た春は来ぬ花をかかげて　『歳月の贈物』

岡井隆には、この一首にみるような、韻律の美しさに基盤をおいた格調の高い一群の歌がある。意味を考えるまえに、音楽的な明るい韻の流れに魅了される。一首の明るさは、「歳月」「さぶしき」「復た」「春は」「花を」に見られるような、句の頭に「あ」音が配された韻の効果にもよるだろう。
歳月は乳のような恵み。乳は甘露な滋養を与えてくれるものだが、それはしかしさびしきものでもあるという。そのさびしく苦い乳を口に含んでいる自分にも、また春はめぐってくる、「花をかかげて」、というほどの意味である。「乳」は母性性を暗示するとともに、性愛に繋がる甘美さをも含んでいるだろう。この一首の前には「ざわめく春。ニューファミリイという新語が生れわたしは笑つた」という詞書がついている。この一首が作られたのは昭和五二年(一九七七)、作者四九歳のときであった。その少し前の数年間を、岡井隆は、職も家族もすべてをなげうって、ある女性とともに九州に出奔することになった。その復帰後の作品である。「歳月は」と詠いだされる「乳」のさびしさと苦みには、おのずからその数年の逃亡の記憶が刻まれているのを知ることができるだろう。

水中より一尾の魚跳ねいでてたちまち水のおもて合はさりき

葛原妙子《くずはらたえこ》　『葡萄木立《ぶどうこだち》』(昭38、白玉書房)

円形の和紙に貼りつく赤きひれ掬われしのち金魚は濡れる

吉川《よしかわ》宏志《ひろし》『青蟬《あおせみ》』(平7、砂子屋書房)

塚本邦雄の「紅き逆睫毛の曼珠沙華」と同様に、これらも認識の歌である。葛原妙子は、池の面に魚が一瞬跳ねたところを詠っている。この歌の魅力は、そのあとの描写であろう。魚が跳ねて、「たちまち水のおもて合はさりき」というのである。魚は水面という一枚の膜を破って跳びだした。その時、水面は一瞬破れたはずだが、その破れ目はすぐに閉じてしまったと言う。私たちは普段、そんなものの見かたをすることはほとんどないが、なるほどと思わせられる。私たちの常識的なものの見かたに変更を迫る歌でもある。

吉川宏志は、金魚すくいを詠っている。針金の枠に和紙を張ったもの(これをポイと言うらしい)で金魚を掬うが、紙が破れないように斜めに掬いあげるのがコツである。掬いあげられた金魚は、自由を奪われて、ひれが和紙に貼りついているように見える。言われてみれば確かにひれはぴったりと和紙に貼りついて、金魚は動けない。まことに些細な発見であるが、言われてみて初めて気づくものの見かたというものがあるところが鍵である。

作者はさらに、実は金魚は「掬われしのち」初めて濡れるのだと言う。水のなかでも濡れているはずじゃないかと思うのが普通だが、実は誰も水のなかで金魚が濡れているのを見たことがない。そもそも水中では濡れるという概念そのものがないのだ。しかし、和紙の上に掬いあげられた金魚は間違いなく、濡れている。屁理屈と言うに近いが、しかしこの歌から私たちが学ぶのは、普段はそんなことを「気にもしていなかった」という事実である。普段は考えることもなく見ていた普通の風景が、改めて指摘されてはじめて、なるほどそんな見かたもあったのかと驚く。歌を読む楽しみの一つは、確かにそのような他の人の〈感性の方程式〉とでもいったものに触れる喜びでもあるのである。

現代短歌には、読者のものの見かたを一新してくれるような、発見の歌を多く見つけることができる。葛原妙子と吉川宏志には、そんな歌が多い。

晩夏光おとろへし夕　酢は立てり一本の壜の中にて　葛原妙子『葡萄木立』

他界より眺めてあらばしづかなる的となるべきゆふぐれの水　『朱靈《しゅれい》』

カレンダーの隅24／31　分母の日に逢う約束がある　吉川宏志『青蟬』

茂吉像は眼鏡も青銅《ブロンズ》こめかみに溶接されて日溜まりのなか

これらの歌が教えているのは、私たちがものを見ている時、いかに常識的なものの見かたしかしていないかということである。常識的なものの見かたさえ捨てることができれば、世界はかぎりなく豊かな表情を見せてくれる。葛原の一首目では、「酢は立てり」がポイントである。私たちは普通、酢の壜が立っていると思っている。しかし、葛原は壜の中に酢そのものが立っていると思ったのである。うーんと唸ってしまう。なるほど。

「他界より」も有名な歌であるが、地上の静かな水溜まり、それははるか上空から見ると、それは上空というよりむしろ「他界」からというに近いが、その水溜まりは「しづかなる的」とも見えるだろうと詠う。たぶんこの一首に出会った読者は、次に雨上がりの道を歩いていて、水溜まりを見れば、なんとなくふと無意識のうちに遥かな空を見上げることになるのかもしれない。そんな無意味な動作のひとつひとつは、私たちの日常の生活にある種の潤いと豊かさをもたらしてくれるはずのものである。

吉川のデートの歌も、いかにも若々しい「発見の歌」である。カレンダーで月の最後の日曜などに、斜線で区切られて二つの日が表示されていることがある。普段は気にもとめないが、言われてみると確かに分子、分母のようにも見える。その分母の日に「逢う約束がある」。逢うという心躍りが、分子分母の発見のおもしろさを引き出したのだろうか。分母の日が待ち遠しい。
「茂吉像」は、山形県上山市にある斎藤茂吉記念館の茂吉像である。記念館の入り口の前に青銅の茂吉像がある。私も何度か見たことがあるが、ついに吉川の歌のような部分に注意がむくことはなかった。なるほどすべてブロンズで作られた茂吉像は、「眼鏡も青銅《ブロンズ》」である。しかも眼鏡の弦は耳にかかっているのではなく、「こめかみに溶接されて」いた。眼鏡だから耳にかかっていると思いこんでしまう。だから細かいところは見ないし、注意も払わない。しかし、ものをゼロ状態で見ようとすると、このような些細な、しかし大きな驚きを与えてくれる発見に繋がる。歌は決して大きな立派なことを詠うだけがその使命ではないのだ。このような日常の隅々に転がっている、一見なんでもない小さな発見は、私たちのものの見かたを確かに豊かにしてくれるのである。

次々に走り過ぎ行く自動車の運転する人みな前を向く

奥村晃作《おくむらこうさく》『三齢幼虫《さんれいようちゅう》』(昭54、白玉書房)

この一首も発見の歌である。ばかばかしいまでに当たりまえのことを言っている。交差点で信号待ちをしているのだろうか。次々に車が走りすぎる。何気なく眺めていて、「運転する人」がみんな前を向いていることに不意に気づいたというのである。なんともばかばかしい発見であるが、笑ってしまう。横を向いたり、後ろを向いたりしていれば、すぐに衝突。言われなくとも当然のことである。しかし、そんなあまりにも当たりまえのことを、改めて言われてみると、そこに得もしれぬおかしみが生まれる。笑ってしまうのである。奥村晃作は、運転する人の生真面目さにおかしみを感じたのであろうが、あまりにも徹底した真面目さは、常にある種の可笑しさを伴うものである。そもそも「運転する人」などというたどたどしい言い方からして可笑しいのである。葛原、吉川らの歌が発見の歌、認識の歌であるとすれば、奥村晃作の歌は、それらの発見が感嘆よりは笑いに回路を変えてしまうのが特徴である。笑ってしまってから、人間社会には、真面目であることからくるこんな可笑しさがいくつも潜在しているのだろうと気づかせるのである。

信号の赤に対ひて自動車は次々と止まる前から順に　『鴇色《ときいろ》の足《あし》』

この一首も人を食ったような歌である。信号が赤に変わる。走っていた自動車が次々止まる。それも「前から順に」止まると言う。後ろから順に止まるなんてありえない。当たりまえじゃないかと叫びそうになる。普通ならこんなことは歌にはしない。しかし作者はそこをおもしろがっている。おもしろがるということは、ものを見る目の余裕である。人が気もつかないことを自分一人で納得し、それを実に普通に述べている。そのいかにも真面目そうでいて、実のところきわめて過激な視線が、おもしろさを誘って読者を笑わせるのである。

WWW《ウエッブ》のかなたぐんぐん朝はきて無量大数の脳が脳呼ぶ

坂井修一《さかいしゅういち》『スピリチュアル』(平8、雁書館)

ぼくたちは勝手に育ったさ　制服にセメントの粉すりつけながら

加藤治郎《かとうじろう》『サニー・サイド・アップ』(昭62、雁書館)

WWWはワールド・ワイド・ウェブ(World Wide Web)の略、世界を繋ぐ蜘蛛の巣とでもいったイメージである。現在では、誰もが知っている用語になってしまったが、この一首はそんな言葉が出はじめたころの歌であり、そのような科学用語を先取りしたものとなっている。坂井修一は理系の研究者。コンピューター科学、情報工学が専門である。

インターネットで繋がっている世界。その世界に朝が来ると、ネットで繋がっている世界中の脳たちが、互いに声を掛け合うようにひとつの情報網を形作るとでもいったイメージであろう。無量大数とは、数の単位を表記する命数の一つであり、もっとも大きな数の単位である。一から始まって、万、億、兆、京《けい》くらいまでは、誰でも知っている。日本のスーパーコンピューターには「京」と名づけられたものも存在する。さらにその上の垓《がい》以上のものも、まだまだ続き、比較的知られている恒河沙《ごうがしゃ》、那由他《なゆた》、不可思議《ふかしぎ》などを経て、その上が無量大数となる。無量大数の桁数は、実際には一〇の六八乗となるのだそうだが、それはまあどうでもよくて、ほとんど無限というように近い数の感覚であろう。

作者坂井修一自身もインターネットに繋がりながら、朝を迎えたのであろうか。見えないネットの彼方には、同じように朝を迎えようとしている無量大数の脳がある。作者自身の脳でもあり、コンピューターの内に抱え込まれている脳でもあろう。それら一つ一つの脳がはるか離れた脳に語りかけ、繋がりあいながら、巨大な一つの脳を作ってゆくようなSF的感覚を持ったのである。新しい時代の歌ではあるが、作者の専門を考えると、単なる想像以上の実感が反映されているとも言えるだろうか。怖ろしい時代の到来を予感させる歌でもある。

加藤治郎も坂井とほぼ同年代の歌人である。システムエンジニアリングに関わる職についており、当然コンピューター言語などに取材した歌も多い。「1001二人のふ10る0010い恐怖をかた1011100り0」(『マイ・ロマンサー』)などという歌も作っている。どう読めばいいのか、読み方さえわからないという歌だが、0と1はコンピューター言語の基礎をなしている数値であり、1バイトという単位のもとである。挟まれている0と1を、機械の内なる声、あるいは意味としてペンディングにしておけば、「二人のふるい恐怖をかたり」というメッセージがそのなかに隠されていると読める。そういう歌なのであろうが、ほとんど短歌という形式を破壊したような歌である。

加藤は歌壇で、ニューウエーブとかライトヴァースとか呼ばれている一群の若い歌人たちの中心的な存在であった。先に一例を示したような形式に対する奔放な挑戦を続けるとともに、従来の短歌的な感性からは大きく逸脱したような、現代の若者の感覚を大切に短歌に取り込もうとしてきた作者でもある。

掲出歌は、ニューヨークかどこかの都会の片隅で育った子供たちのイメージにつながる。いわゆる田園的な風土のなかでのびのび育ったというのとは異なり、都会で大人たちの醜い部分なども見ながら、親がかりではなく「勝手に育ったさ」と言ってのけるクールな逞しさ。どこか映画の一シーンを見ているようでもあるのは、「制服にセメントの粉すりつけながら」という下句にあるだろう。ズボンの尻などにセメントの粉がついている。ついているのではなく、わざとすりつけたのである。ある種の反抗心でもあっただろう。「勝手に育ったさ」には、親や社会に対する過剰な期待などを最初から持つことのなかった、醒めた若者心理が表現されており、現代の若者気質を典型として表現した一首となった。

神はしも人を創りき神をしも創りしといふ人を創りき
香川《かがわ》ヒサ『fabrica ファブリカ』(平8、本阿弥書店)

香川ヒサは現代短歌界のなかでも異色と言っていいかもしれない。歌集名はすべて外来語、第一歌集から順に『テクネー』『マテシス』そして第三歌集『ファブリカ』と続くが、以後もすべてこのような表題で一貫している。意志力を感じさせる。作品はいわゆる抒情という手法からは遠く、どこまでも形而上的な認識を歌に表現するといったものが目につく。

掲出の一首は、そのような哲学問答的作品の代表例といってもいいだろうか。歌集『ファブリカ』の冒頭歌である。神は人を創り給うた。まさにその通りである。しかし、神が創ったというその「人」という存在は、実は、神をも創ったその張本人なのだと指摘する。その通りである。神は、自分を創った人という存在を創ったことになる。

これはあたかも二匹の蛇が互いに相手の尻尾を咥えている図、すなわち「ウロボロス」のロジックである。そしてこのロジックの先には、互いに相手を食っていって、最後には何も残らないという結論が待っている。神は人によって創られ、人は神によって創られた。それでは何も残らないではないかという香川ヒサの声を聞くような気がする。こういう理屈っぽい歌は、香川の特徴のひとつとなっている。これだけでも十分におもしろいが、実はこの一首を含む「創造」一連には、次のような一首もある。

人はしも神を創りき人をしも創りしといふ神を創りき

うまくできている。先の歌の「神」と「人」を入れ替えただけである。表現はちょうど鏡像のように先の一首と呼応しているが、意味はまったく異なっている。香川ヒサのしたたかさがここにある。二首を並べてしまうと単調になり、単に言い換えただけと受け取られかねないが、「人はしも」の一首は、冒頭の一首から五首離れて置かれており、読み進むとその反転におやっと思って、もう一度冒頭に戻らざるを得ない。心憎い構成である。

この一首も同じだろう。人を創造したという神、しかし実はその神を創ったのは他ならぬ人そのものなのだと、念を押すように繰りかえしたのである。その鮮やかな反転は、全く逆から眺めてしかも同じ驚きをもたらす。もちろん、こういう論理の遊びを楽しめる余裕があるということを前提とした喜びであることは言うまでもない。

さみしさでいっぱいだよとつよくつよく抱きしめあえば空気がぬける

渡辺松男《わたなべまつお》『歩く仏像』(平14、雁書館)

男女がさみしすぎて強く抱き締めあう。そうするとあまりにも強く抱かれた女の空気が抜けたと言うのである。荒唐無稽な歌と言うべきである。

しかし、この一首を含む一連はもっとおかしな一連なのであった。タイトルは「箱女」。「さみしそうにわれの恋人箱女側面をそっとすり寄せてくる」から一連は始まるが、恋人は段ボールか何かの箱、自分も「箱男」だという。その箱男と箱女が互いに寂しくて抱きあおうとするのだが、お互い四角すぎてうまく抱きあえない。そんなじれったさが一連のテーマである。うまく抱き締められたと思い、シメタといっそうつよく抱き締めた時、「空気がぬける」と、なんともあっけない展開が待っている。劇画か漫画の世界のようではあるが、切実さの切っ先はそのまま感受できるだろう。

当然、安部公房の小説『箱男』が頭にあっての連作であろう。箱男、箱女という設定は虚構だが、うまく抱き締めあえないという焦燥感は、ひと組の男女の〈現実〉として誰にも覚えのある感覚である。世間のどの男女も同じように、箱の角が邪魔になってうまく抱きあえないのである。渡辺松男は、日常的な文法を無視して、そのような心の奥の葛藤や屈折を言葉に乗せる技に冴えをみせる。

渡辺松男の歌は、一首だけ取り出して解説しても、そのおもしろさが十分には伝わらないもどかしさが残る。しかし、歌集として読んでいくと、自然との不思議な親和性、かつ意表を衝く作者の精神の段差とでもいったものに、こちらの精神がくらくらしてくる。ある種の酩酊状態に読者を落とし込む作品が並ぶ。どれもロジックとして完結した歌ではない。むしろ、ロジックが破綻している。理屈と文体の乖離と破綻によって、破綻の全体像が作者の内部に抱え込まれたまま、それがそのまま読者の胸になだれ込んでくるとでも言ったらいいだろうか。うまく言えないが、第一歌集『寒気《かんき》氾濫《はんらん》』を読んだときの衝撃が忘れられない。一部を抄出してもそのおもしろさはわからないと言いながら自己矛盾だが、いくつかを抜いてみる。『寒気氾濫』の終盤部に並んでいる作品を一首置きにあげてみよう。

恋人の御腹《おなか》の上にいるような春やわらかき野のどまんなか
重力は曲線となりゆうらりと君の乳房をつたわりゆけり
どこへでも行きたいけれど君といて座っていればうれしき臀部
山よ笑え　若葉に眩む朝礼のおのこらにみな睾丸が垂る

たとえばこんな歌が並んでいる。どの歌もなんとなく気分はわかるが、論理的に一首のおもしろさを説明せよと言われればたちまち言葉に窮する。意味はわかる。しかし、意味の向うに作者が感じている、特に自然への溶け込み方といった部分でわからない部分がある。わからないのは駄目なのかと言えば、論理的な意味としてはわからなくとも、作者が表現しようとしている情感への親和性が感じられれば、歌は生きてくるものなのだと私は思うのである。

そんなにいい子でなくていいからそのままでいいからおまへのままがいいから

小島《こじま》ゆかり『獅子座流星群《ししざりゅうせいぐん》』(平10、砂子屋書房)

歌の内容からは、第四章「家族・友人」のところに置いてもいい歌である。しかし表現がおもしろくて斬新なのでここで鑑賞することにしよう。母親の歌であるが、母親の自覚として、もっとも大切なことを、さり気なくそっと言っている、そこがとてもいいのである。

まずひらがな表記に注目すべき歌だろう。敢えてひらがなにしているのではなく、そうとしか書けない内容なのである。漢字に替えられるのは「お前」くらい。そんな漢字にならないような口語がそのまま歌の言葉になっているのが、まず大きな特徴である。またリフレインの効果にも注目しておいていいだろう。「そんなにいい子でなくていいから」「そのままでいいから」「おまへのままがいいから」と、「いいから」が三度繰りかえされるが、その「いいから」

は、それぞれ少しずつニュアンスを変えて繰りかえされる。これほど口語が自然な形で歌のなかに生かされている例は少ないだろうと思う。

現代短歌においては、口語発話体がどんどん歌のなかに侵入してきており、完全な文語定型だけで歌を作っている歌人のほうが珍しくなりつつある。そんな現状を憂える意見は当然あるが、ある程度の口語文脈は、文語定型を基本として意識しているという前提のもとで、必ずしも排除するものではないというのが私のスタンスである。現代の歌としての生き生きとした気息を伝えるものとなっている例が多い。

小島ゆかりは、自分の子どもに語りかけるのである。そこで言われていることは、〈そのまま〉の子どもを認めたいということである。実はこれが世の母親にとっては、いや父親にとっても事情は同じだが、もっとももずかしいところである。どうしても〈もっと〉を求めてしまう。どうしてももっと頑張れないの、どうしてももっと勉強しないのと口癖のように言ってしまう親が圧倒的に多いだろう。そうではなく、いまのあるがままの子を認めること、むしろそんなに頑張らないで、いまのままのあなたで居て欲しいと願うこと。小島の歌は、そのような母と子の関係の原点がさりげなく詠われている。皮肉ではなく、小学校などの保護者会の席に貼っておきたいような歌である。

団栗はまあるい実だよ樫の実は帽子があるよ大事なことだよ　『月光公園』

小島ゆかりは、こんな歌も作っている。同じように口語、リフレインの歌としても忘れがたい一首だが、また母親としての小島のスタンスに触れておきたい一首でもある。母親が森かどこかで子どもに木の実の見分け方を教えている。こんな丸い実はみんなどんぐりと言うのだよ。この大きいのはクヌギの実、この帽子のついている細長いのは樫の実、などとひとつひとつ拾いあげながら説明をしているのだろう。絵や写真ではなく、実際に手に触れて、その現場で教えること、そんな幼児教育のもっとも大切な実践をこの一首からは読みとることができる。

結句「大事なことだよ」が、この一首のもっとも大切なメッセージであろう。何が大事なのか。どんぐりが落ちていたら、それが何の実なのだろうか知りたいと思うこと、そして何の実なのかわかるようになること、それが「大事なことだよ」と言う。教育ママなら、そんなことより漢字を覚えなさい、九九を覚えなさいと口を酸っぱくして言うだろうか。しかし、お母さんとしての小島ゆかりは、一見どうでもいい木の実の特徴と名前を覚えておくことを「大事なことだよ」と諭すのである。こんな風に育てられた子の幸せを思わないではいられない。

第四章

家族・友人

――ふるさとに母を叱りて
ゐたりけり

森岡貞香

辺見じゅん

齋藤史

小高賢

拒みがたきわが少年の愛のしぐさ頤《おとがひ》に手觸り來その父のごと

森岡貞香《もりおかさだか》『白蛾《はくが》』(昭28、第二書房)

『白蛾』は森岡貞香の第一歌集。昭和二八年(一九五三)に出版されたが、第二次世界大戦(太平洋戦争)の影を色濃く残した歌集であった。森岡の父は職業軍人として台湾の台北《タイペイ》や、中国旧満州奉天《ほうてん》などに移り住んだ。また昭和一〇年に結婚した軍人の夫は、長い中国派遣ののち終戦とともに帰国したが、その翌年昭和二一年に急逝。それは、

いくさ畢り月の夜にふと還り來し夫を思へばまぼろしのごとし　『白蛾』

と詠まれたように、まさに「まぼろしのごとし」と感じられるようなあっけなさであっただろう。夫は復員局で働いていたが、終戦後のつかの間の生活ののち、幼い子供とともに残された森岡は、病弱な身で、生活の貧しさに耐えていかなければならなかった。そのような切羽詰ま

った状況のなかで、森岡にとっての短歌は「嫌悪と魅力、愛と憎しみなど両立してゐると思はれるこの生のあがきの中で、ただ一途に己れをみつめるといふこころ」(『白蛾』あとがき)でなされたものであったと述べている。

掲出歌は、残された少年とその母との生活のひとこまである。わが子を「少年」と呼ぶことを定着させたのが森岡のこの歌集であると言われている。少年が甘え寄ってくる。面立ちだけでなく、しぐさも日々夫に似てくるわが子を拒みがたくいる作者は、そこにかすかに夫の手ざわりをも感じとっているのであろう。それは母親への幼い甘え以外のものではないが、母にとっては「愛のしぐさ」とも感じられ、そこにかすかな甘美ともいえるようなニュアンスさえ感じられるようである。

森岡貞香は、早く亡くなった夫を生涯にわたって詠み、そして成長し、結婚し、老いてさえゆく息子を「汝」と詠み続けた作者であるが、その原点が第一歌集の冒頭に置かれているのである。

冬の苺匙に壓《お》しをり別離よりつづきて永きわが孤りの喪《も》

松田《まつだ》さえこ（尾崎左永子《おざきさえこ》）『さるびあ街《がい》』（昭32、琅玕洞）

森岡貞香は病気によって夫を失うことになったが、夫との別離は離婚という形でもあらわれる。

尾崎左永子は佐藤佐太郎門の新鋭として、戦後歌壇にいちはやく活動を始めた。第一歌集『さるびあ街』までの時期は、松田さえこの名で活動をしていたが、その後作歌活動の長い中断を経て、昭和五八年（一九八三）より歌壇に復帰し、以後、尾崎左永子名で活動するようになった。

尾崎の最初の結婚は、五年で破局を迎えることになった。当然のことながら離婚というものは、軽々しく決められるものではない。長い葛藤の時期を経て、互いに相手を傷つけ、苦しめながら、それでも止むを得ない決断としてなされるものであろう。決意したほうにも、自らの思いとは別に相手から強要されたほうにも、その痛手は簡単にぬぐえるものではないし、立ち直るにも時間を要するものである。そんな辛く悲しいできごとを詠おうとすればいきおい歌が暗く、内向的なものにならざるを得ないが、『さるびあ街』に収められた歌は、そのタイトルからも感じられるように、都会的なセンスが悲しみを軽く受け流しているようで、読んでいくのに苦しい気分にはならない。

「遠くにて手を振るごとく惜別の心をもちてもの言ひ合へり」という歌もあるが、お互いにものを言うときにも、すでに惜別の心を感じとっている。それは「遠くにて手を振る」ような思いなのだと詠う。そのような経過を経ての離婚だったのだろう。そして独りになったあとの生活が掲出歌である。

「冬の苺」という素材の選択が、強いて明るく振るまおうとしているかのような作者の心情をよくあらわしていよう。匙で一粒ずつつぶしていく行為に、無意識のうちに自分を断罪するような気分もまじっていただろうか。みずからが課す長い喪の時間。その「孤りの喪」に耐えながら、それでも「冬の苺」をつぶすという行為には、若い明るさがみなぎっていると言うべきだろう。現在に較べれば、離婚ということがまだはるかに特殊なことと見なされた時代であり、その分、女性がそれを負い目に感じざるを得なかった時代の歌である。

夫《おっと》より呼び捨てらるるは嫌ひなりまして〈おい〉とか〈おまへ〉とかなぞ

松平盟子《まつだいらめいこ》『シュガー』(平1、砂子屋書房)

夫婦は同居すべしまぐわいなすべしといずれの莫迦が掟てたりけむ

阿木津《あきつ》 英《えい》『白微光《はくびこう》』(昭62、短歌新聞社)

現代における夫婦関係は、当然のことながら戦前や戦争直後の道徳規範からは大きく変化してきている。一方的に妻が夫に従うという関係は、すでに多くの若者にとって過去の遺物でしかないだろう。夫が外で働き生活の資を得る代わりに、妻は家庭を守って、夫や子供の面倒を見る。そのような家庭内労働がもっぱら主婦の役割であった時代は、はるかに過去のものとなりつつある。女性たちは、結婚しないという選択も含めて、結婚後も働き、家事労働もなんらかの形で分担するという形態が多くなってきている。もちろんそれとて欧米のような男女平等というところまでは行っておらず、社会的にも働く女性たちへのサポートはまだ十分とはとても言えない。

しかし、意識のうえでは一昔前とは大きな変化が見られるのも確かである。松平盟子は、呼称にこだわり、たとえ夫であっても呼び捨てられるのは「嫌ひなり」とはっきり述べる。「盟子」と呼び捨てにせず、「盟子さん」などと呼んでほしいと要求するのである。呼び捨てられるのも嫌なのに、「まして〈おい〉とか〈おまへ〉とかなぞ」もってのほかと怒りもあらわである。確かに世の男性たちは、名前すら呼ばずに、「おい」「おまえ」で済ませてきた歴史がある。対等の一対一の関係というよりは、妻はあるいは女房は、一方的な従属関係にあるものと見なされがちであった。そのような世の風潮、そして現実のわが家の実態に、真っ向からものを言える女性が出現したということでもある。小気味良い啖呵《たんか》とも聞こえるが、当の女性にとっては、それでも必死のもの言いであったのかもしれない。

阿木津英はもっと過激である。夫婦関係というものをより根源的に考えたいという視点が明瞭である。夫婦は同居して、まぐわい、すなわちセックスをなすべしとどこの莫迦《ばか》が決めたことなのだ、と怒り、そしてまた嘆く。夫婦というのは、単に一緒に暮らすとか、性交をするだけではなく、もっと大切なものがあるだろう、というのが作者の思いであろう。互いに尊重しあいながら、対等に議論もし、またさまざまのことを話し合う。もっと形而上的な関係もあるはずだという作者の口吻《こうふん》も聞こえてきそうな歌である。

一九七〇年代よりウーマンリブと呼ばれる女性解放運動の流れが日本にも入り、大きな社会現象になった。さらに八〇年代から九〇年代に入ると、それ以前から浸透していたフェミニズム運動に、しっかりした理論的補強がなされるようになった。歌壇においても、従来の女流歌人、閨秀《けいしゅう》歌人といった呼ばれ方からいかに女性の歌を確立するか、その理論構築が幅広くなされ、一九八四年（昭和五九）、京都で河野裕子、道浦母都子《みちうらもとこ》、永井陽子《ながいようこ》、阿木津英らの企画によって、「歌うならば、今」というシンポジウムが開かれたのを契機に、歌壇においてもフェミニズムという語が次第に定着するようになった。阿木津英はその中心として活躍した歌人であった。松平盟子はその動きとは距離をおいて自らの歌を発表していたが、メンタリティはそのような運動と無縁ではなかった。

いずれの歌も、男性の読者をはっきり意識し、それに対する挑戦的な心性を際立たせている。近代で言えば、岡本かの子、原阿佐緒《あさお》など少数の女性歌人に、そのはるかな萌芽を見る思いがするが（拙著『近代秀歌』参照）、それらが多分に個人の資質に依存していたのに対して、阿木津、松平らの挑戦的な歌は、当時の自覚的な女性の意識水準を代表するもの言いであるところに特徴があると言えよう。

ときにわれら声をかけあふどちらかがどちらかを思ひ出だしたるとき

岩田《いわた》　正《ただし》『郷心譜』(平4、雁書館)

子どものいない老夫婦である。静かな暮しである。それぞれが自分の生活と仕事を持って、過度に依存しあうことなく、自立的な生活を送っているのだろうか。普段は、互いの存在を意識することもなく生活しているが、時おり声を掛け合うのは、お互いが相手をふと思い出した時だと言うのである。長く一緒に暮らしてきた夫婦関係の機微を捉えた一首であろう。

同じ空間に長く一緒にいても息がつまらない関係。互いが空気のようにとも形容されるが、この一首からは、たとえば『近代秀歌』のなかで引用していた次のような一首を思いだすだろうか。

老ふたり互に空気となり合ひて有るには忘れ無きを思はず

窪田《くぼた》空穂《うつぼ》『去年《こぞ》の雪』

空穂は、一緒にいると相手がそこに居ることを忘れ、しかし、そこに居ないということは決して思いもしないと詠った。そこに居るはずだということに微塵も疑いを感じないまでに、共に居ることに慣れてしまった夫婦の信頼感である。岩田正の場合も、同じ呼吸であろう。視界に時おりその姿が見えていても、別段声をかける必要などもない。そこに居てくれさえすれば、それで十分なのである。見えていてさえその存在を忘れているような在り方なのだ。だからどちらかが声をかける時は、ふと相手を「思ひ出だしたるとき」なのだと言う。このとぼけた感覚になんとも言えずなごやかな老夫婦の在りようが映しだされる。岩田正は窪田空穂の弟子、そしてここに詠われている伴侶は、本書にも歌を採録している歌人、馬場あき子である。

イヴ・モンタンの枯葉愛して三十年妻を愛して三十五年　『郷心譜』

オルゴール部屋に響けり馬場さんよ休め岩田よもすこし励め　『視野よぎる』

岩田正の歌はどれも深刻ぶったところがなく、飄逸《ひょういつ》な味を持つが、それがもっともよく発揮されるのが、軽妙に妻との関係を詠うときであるのかもしれない。

鷗外の口ひげにみる不機嫌な明治の家長はわれらにとおき

小高《こだか》 賢《けん》『家長』（平2、雁書館）

近代以前からもそうであったが、明治の時代にあって、男は文字通り家長として、一家の中心に位置していた。しかし、核家族化が進み、親と子の二世代同居が年々少なくなっている現代日本にあって、家長という概念そのものが徐々に稀薄になりつつあることは間違いないだろう。女性の社会進出が進んで、一方的に男性に頼らずとも生活が可能になり始めたという社会の変化の反映でもあろうし、「一家の大黒柱」などという言い方で、家長としての責任を負わされるなどは、できれば避けたいと思うようになってきた男性が多くなったということでもあろう。

森鷗外は、軍人としては軍医総監という職にあり、また文壇においても漱石らと並ぶ当代随一の小説家として、その立派な口髭とともに、まさに「家長」たるにふさわしい風貌を備えていた。残された写真からは落ち着きと威厳がいやおうなく伝わってくる。現代の「家長」は、そんないかにも立派な「明治の家長」を見ると、どこか気圧されてしまうのである。とてもあんな風にはなれないと、はじめから尻尾を巻いて退散したい雰囲気である。

小高賢は、現代の家庭における父親や夫として、また職場における普通のサラリーマンとして、その位置取りと居心地の悪さを、ときに戯画化しながらも、正直にかつ意識的に詠い続けた歌人であった。『家長』という歌集名にもそれはあきらかである。

雨にうたれ戻りし居間の父という場所に座れば父になりゆく

「口惜しくないか」などと子を責める妻の鋭《と》き声われにも至る

『家長』には、こんな歌もある。雨に遭い、傘も持っていなかったのだろう、しおたれて家に戻ってきた。決して颯爽とした父親ではない。しかし居間に入り、いつもの席に着くと、まぎれもなく〈父〉という存在になっていくと言うのである。自分の存在がそのまま父として家族から認められているというよりは、「父という場所に座」ることによって、「父になりゆく」。そんなあらかじめ設定された場所によってのみ、現代の「父」はあるのだと言っているようだ。

母親が子供を叱っている。学校で喧嘩でもして負けてきたのだろうか。あるいはひどい成績をとったのかもしれない。「口惜しくないか」と子を責める妻の声は、そのまま作者自身に返ってくるようだというのである。妻は夫に聞かせようと子を責めているのではあるまい。明らかに夫の側の過剰反応である。しかし、子を責める妻の言葉が、わが身に向けられていると感じるほどに、現代の父親の存在はあやういと述べているようでもある。この多分に戯画化された二首には、小高賢が現代の父親像をどのように捉えているかが鮮明に表現されているようだ。

立つ瀬なき寄る辺なき日のお父さんは二丁目角の書肆にこそをれ

島田修三《しまだしゅうぞう》『東海憑曲集《とうかいひょうきょくしふ》』（平7、ながらみ書房）

家庭における現代の父親像をさらにこっけいに演じて見せるのは、島田修三である。「立つ瀬なき寄る辺なき日」がどんな日であったのかは、どうでもいい。冴えない、そしてちょっとみじめな父親である。そんな日の「お父さん」は、家にいるのが辛くて、近所へ逃げ出すのである。世間的にはカッコ悪そうな父親像ではあるが、その「お父さん」の逃げ場所は、「二丁目角の書肆」だと言う。ここに、この父親のかすかな自恃《じじ》もあると言えよう。パチンコ屋へ逃げ出すのではない。逃げ出したいときには、ひそかに近所の本屋で時間をやり過ごす。それが

「二丁目角」にある書肆だというところも、にやりとさせる設定であろう。みずからを徹底的に戯画化してはいるが、そして最後に「書肆にこそをれ」といかにも大げさな表現をもって念を入れているが、そこにはなお島田修三の自らを恃む思いもかすかに揺曳しているだろうか。
島田修三は、現実の生活者としては、大学の学長をも務める学者である。しかし、そんなことは彼の文学には、なんの関係もない。世間的に尊敬されるような己れというものを徹底的に笑い飛ばすことで、自らの存在の実感を手繰り寄せようとしているかのようである。

月よみのひかりあまねき露地に来て給与明細を読むひと俺は　『東洋の秋』

などという歌もある。露地の暗がり、月の光だけが差しているような場所で、ひそかに給与明細を読む。そんなあわれっぽい人が俺なんだよと詠う。同感できる読者も多くいることだろう。島田修三は、冴えない、平凡な勤め人の哀感をこれでもかというまでに読者に突きつける。できれば、普段は考えないようにしている己れの負の部分を、白日のもとにさらされているような居心地の悪さと、自らに引きつけて、よくぞ言ってくれたといった快感を、ふたつながらに感じさせるような不思議な魅力を、島田修三の歌は持っている。

ふるさとに母を叱りてゐたりけり極彩あはれ故郷の庭

小池《こいけ》　光《ひかる》『廃駅《はいえき》』（昭57、沖積舎）

久しぶりの帰郷である。故郷の古家では、ひとり暮らしの母がいそいそと迎えてくれる。めったに帰ってこない息子、その息子に取りとめもなく話しかける母の話は、いつまでもいつまでも続く。めっきり老けた母を労《いたわ》るように、息子もその話にいつまでもつきあっている。そんな情景を思い浮かべることができるだろう。

そんななかで、なにかのことで思わず母を叱ってしまったのである。愚痴っぽくなった母の繰り言に対してだったただろうか。あるいは誰かの悪口を言う母に苛立ったのであっただろうか。老いて気弱くなった母を励ますようなつもりで叱ったのかもしれない。その原因はわからない。しかし、いまは立場が逆転してしまったかのように、母を叱らなければならない息子は、その母の老いを思い、また母とともに過ごしたこの家のさまざまの時間を思ったのであろう。真夏の田舎家の庭である。鶏頭《けいとう》の紅、ダリアの黄、などなど夏の庭には原色の花々が無秩序にけばけばしい色を見せている。思わず叱ってしまった視線が捉えたその「極彩」の花々が、なんともかなしく思われたのである。「あはれ」は「哀れ」ではない。ああ、といった嘆きの言葉と取っておきたい。

誰にも覚えのありそうな歌である。故郷も、そこにひとり暮らす母も、たまにしか帰れない自分も、すべて悲しい。しかし、この歌の悲しさは、内容の悲しさであるとともに、張りつめた歌の律から来る悲しさでもあろう。第三句の「ゐたりけり」、第四句の「あはれ」、そして初句と結句に繰りかえされる「ふるさと(故郷)」、それらが読者を普遍的な悲しみへと誘《いざな》うかのようである。

廃駅をくさあぢさゐの花占めてただ歳月はまぶしかりけり　『廃駅』

佐野朋子のばかころしたろと思ひつつ教室へ行きしが佐野朋子をらず　『日々の思い出』

父十三回忌の膳に箸もちてわれはくふ蓮根及び蓮根の穴を
そこに出てゐるごはんをたべよといふこゑすゆふべの闇のふかき奥より　『草の庭』

小池光は私と同い年。昭和二二年(一九四七)の生まれである。現代短歌の世界において、常に問題作を提出してきた。一首目のように韻律の緊密に張った名歌というべき歌を作るかと思えば、二首目のようなふざけた調子の歌も易々と作ってしまう。たとえ教師でなくとも、そんなことあるよなあと誰もがクスリと笑ってしまうだろう。このような日常の感情の機微を捉えることにおいて小池の右に出るものは少ないと言わざるを得ないだろう。三首目もおもしろい歌である。「父十三回忌」という改まった席である。かしこまってみんなが法要の膳を前に食事をする。そのとき小池はまことにその場にふさわしくない発見をするのである。蓮根を食うとは、蓮根の穴も一緒に食うことに他ならないのだと。「われはくふ蓮根及び蓮根の穴を」という真面目くさった大げさな表現がじつにおもしろい。おもしろく、そして悲しいのである。

おもしろいだけでなく、不思議な歌を作るのも小池光である。四首目の歌は、意味は単純きわまりないものながら、何気ない日常のなかにどこか不思議なクレバスが開いたようなちょっと不気味な歌でもある。まず誰の声なのか、それはいっさい明かされない。歌では、このようにわざとその主体を隠したり、あからさまに表現しないことによって、そこに詠われている内容に奥行きが生じることがままあるのである。たとえば「そこに出てゐるごはんをたべよ」と妻が言ったとなっていては、この歌の不思議な怖ろしさというものはいっさい出てこないことだろう。

ぬばたまの黒羽蜻蛉《あきつ》は水の上母に見えねば告ぐることなし

齋藤《さいとう》　史《ふみ》『風に燃す』（昭42、白玉書房）

齋藤史の母は、七八歳のとき、緑内障で一眼を失い、八〇歳で両眼を失った。その後老耄《ろうもう》の度を加えつつ、九一歳で没した。齋藤史は、その母の晩年を最期まで看取った。その間、史の夫も脳血栓で麻痺に苦しむ身となった。齋藤史は、そのころの生活を、「老母の失明はいよいよ進み、晝夜もなく、時間もなく、約十年。このごろでは食事の記憶さえたちまち消えて、全く心身老耄、暗黒の中にいます。また、昭和四十八年に脳血栓に倒れた夫は、救急入院以後三年余、近頃は起床も起立も出来なくなりました。共に一級身障者です」（『ひたくれなゐ』あとがき）と記している。

黒羽蜻蛉は、齋藤史自身の言葉によれば「かわとんぼ」とのことであるが、私などは同じカワトンボ科のオハグロトンボなどを想像してしまう。いずれも川の近くに生息する、繊細な蜻蛉であり、水の上をひらひらと飛んでいるのであろう。夏の夕暮れ、冥界からでも現われたかのように、オハグロトンボが静かに飛んでいるのを見ると、どこかしんとした寂しさに誘われたものである。初句「ぬばたまの」という「黒」にかかる枕詞が、あたかも黒羽蜻蛉をズームアップするかのような効果を持っている。

そんな黒羽蜻蛉は、もはや母の視力では見ることができない。この頃《ころ》、母は既に一眼を失明していたのである。二人でたたずみながら、史はひとり静かにその蜻蛉を目で追っている。見えない母に、その蜻蛉のことを話してもそれは却って母を悲しませるだけである。「母に見えねば告ぐることなし」の「見えねば」が悲しい。

『風に燃す』の次の歌集が『ひたくれなゐ』であった。その中に齋藤史の代表作ともされる次の一首がある。

死の側より照明《てら》せばことにかがやきてひたくれなゐの生ならずやも

一級身障者の二人の病者を抱えた史の当時の生活は、「身体障害者二人を抱へ生きゆくと縄の梯子が揺れやまぬなり」とも詠われているが、悲壮感とともに、先の見えない不安に揺れる介護の日々であった。「おいとまをいただきますと戸をしめて出てゆくやうにはゆかぬなり生は」とも詠われるように、死への強い誘いに耐える日々でもあったことだろう。現代においても、同じ思いを抱きつつ生活をしている人々の数は、増えこそすれ、決して減ってはいないはずだ。

そんな厳しく、救われがたい日々にあって、生の側から死をあこがれるのではなく、このみじめな状況も、死の側から照らせば、なお「ひたくれなゐ」に輝いているものなのではないかと問いかけたのが、この歌である。「ひたくれなゐの生」でないことがあるだろうか、と反語で歌を締めくくっている。いや、確かにひたくれないに輝く生であるはずだ、という作者の思いきわめをここでは感じとっておきたい。現実の地獄のような辛さはあっても、なおそれは死の側から見るとしたら、それでも輝いている生なのだと、自らを納得させようとしたのであろうか。切ない歌である。

みどりごはふと生れ出でてあるときは置きどころなきゆゑ抱きゐたり

今野《こんの》寿美《すみ》『世紀末の桃』(昭63、雁書館)

「みどりご」は嬰児、緑児とも書き、緑の葉のようにみずみずしい児の意味で、二、三歳くらいまでの幼児を指す。出産は、文字通り女性にとっての一大事業であるが、今野寿美はそのような大げさな構えをみせず、「ふと生れ出でて」きたのだと詠う。この「ふと」に却って不思議なリアリティが感じられる。大事な大事な赤ん坊を生むのだといった覚悟とは異なり、意図しなかったものが、不意に目の前にあらわれた、そんな自らにとって異物なる他者が子供という存在であると言っているかのようである。

そして、わが子であればいつもいつも愛おしく抱き締めるのが、これまた母親の常とも思いそうなものだが、この母親は、そのようなある意味積極的な抱き締め方ではなく、「あるときは置きどころなきゆゑ」抱くのだと言うのである。これもどこか仕方なくといった雰囲気がある。

ずいぶん醒めた母親であるようにも感じられるが、これは決して冷淡ということではないだろう。母親は、最初から母性に溢れた母親なのではない。一般には、結婚して数年のうちに子供を得るという場合が多いだろうか。自身もまだ少女然としていて、その自分が赤子の母親になるには、それなりの時間が必要なのかもしれない。子供との昵懇な時間を共有しているあいだに、自らの内部に眠っていた母性といった感情が、おのずから現われてくるものなのだろう。

今野寿美は、そのような母親としての自らを確認できるまでの時間を静かに見つめているのかもしれない。母親としての形から歌を作るのではなく、自らの心を素直に詠った、そんな心情の発露に好感を持つ。

子がわれかわれが子なのかわからぬまで子を抱き湯に入り子を抱き眠る

河野裕子『桜森』

いっぽうでこのような母親の歌もある。子育てまっ最中の母親である。核家族の典型的な母親像であるのかもしれない。四六時中、子供と一体となって過ごし、「子がわれかわれが子なのかわからぬまで」になると言う。これもまた、自らの子育ての時期を振り返りつつ、実感する女性も多いことだろう。

わたくしの時間にふとも風たちてかつこんかつこん子が帰りくる

今野寿美『鳥彦』

子がもう少し大きくなってからの歌である。遊びに行った子が帰ってくる。それは「わたくしの時間にふとも凪」が立つようだと詠うのである。子と離れていた私の時間、その時間をふと戦《そよ》がせるように子が帰ってくる。そんな子との距離感を、小高賢は「結婚し、子供を得ても、彼女の対象に対する距離感は変らない。さらっとしているのだ。穏当であるが、つねに適温であり、決して沸騰しない印象を得てしまう。それはおそらく文体にあるのだろう」(『現代短歌の鑑賞101』)と述べている。

一枝の櫻見せむと鉄格子へだてて逢ひしはおとうとなりき

辺見《へんみ》じゅん『幻花』(平8、短歌新聞社)

辺見じゅんは、角川書店の創業者、角川源義《げんよし》を父に持ち、歌人としての活動のほかに、『呪われたシルク・ロード』や『男たちの大和』『収容所《ラーゲリ》から来た遺書』などの優れたノンフィクションによって、多くの賞を受賞した作家でもあった。第一歌集『雪の座』以降、父を詠い、父を鎮魂することは、終生変わることのない辺見の作歌のモチーフであった。「遠山にきれぎれの虹つなぎつつわが父の座に雪は降りつむ」という一首が第一歌集のタイトルともなったが、父の故郷、富山の雪の景を詠いつつ、その雪の降り積もる場こそが「父の座」であると言うのである。

辺見じゅんの作歌の対象として、弟というテーマも大きな位置を占めている。辺見には二人の弟がいるが、特に角川春樹への思いを詠った歌が多い。角川春樹は、角川源義の長男として角川書店を継ぎ、当時すでに過去の作家となっていた横溝正史《よこみぞせいし》に光をあて、ブームを作るとともに、映画プロデューサーとして、「犬神家の一族」「人間の証明」などいわゆる角川映画と呼ばれるヒットを次々と生み出した。ところが、平成五年(一九九三)、麻薬取締法違反などで逮捕され、角川書店の社長を辞任した。その後平成一二年に懲役四年の実刑が確定して、平成一五年まで服役することになる。

辺見じゅんの掲出歌は、服役中の弟の面会に行ったときの歌である。弟に会いに行ったのであるから、「鉄格子へだてて逢ひしはおとうとなりき」は一見奇異に感じられるかもしれない。しかし、予期しつつ行ったのではあっても、現実に「鉄格子」を隔てて対面してみると、そこに座っているのが、まさにこれまで共に育ってきた弟であるということを、にわかに素直に諾《うべな》うことができなかったのであろう。「ほんとうに弟なのか?」、いや確かに弟なのであった、といった心の動きが、このような表現となったのである。「おとうとなりき」と、深いため息のように吐き出された結句に、姉としての悲しみが底ごもるようである。

遠桜いのちの距離と思ひけり　　角川春樹『海鼠《なまこ》の日』

角川春樹はまた俳人でもある。獄にあった日々、一五〇〇から二〇〇〇の俳句を作ったと句集『海鼠の日』の「あとがきに代えて」で述べている。そのうちの一句であるこの句には、「姉・辺見じゅん、面会に来る」と詞書があり、先の辺見の一首と対応した句であることがわかる。姉は鉄格子の外から、弟は鉄格子の内から、互いに相手を見つめあう。桜を携えた姉との距離が「いのちの距離」と思われたと言うのである。「そこにあるすすきが遠し檻の中」(『檻《おり》』)とも詠まれるように、檻の外のすべては「そこにある」にもかかわらず、限りなく遠いのである。姉と弟の、近く、しかも限りなく遠い距離を、互いに詠みあっている歌と句である。

辺見じゅんの歌集『幻花』には他にも弟を詠んだ歌が多いが、辺見じゅんが亡くなったとき、その忌をいちはやく「夕鶴忌」と名付け、同名の追悼句集を出したのも角川春樹であった。なかで「ひとはみな我を過ぎゆく秋の暮」(『夕鶴忌』)の一句は、愛する姉を失った後の喪失感を詠ったものとして、惻々と心に沁みる句となった。

あかるさの雪ながれよりひとりとてなし終の敵・終なる味方

三枝昂之《さいぐさたかゆき》『地《ち》の燠《おき》』（昭55、沖積舎）

この章の最後に、友人を詠った歌を取り上げよう。三枝昂之は、福島泰樹とともに、早稲田短歌会に拠り、七〇年学園闘争をもっとも意識的に正面から詠った作者であった。それは七〇年代の政治や社会を詠った歌群ではあったが、いっぽうでそのような闘争のなかで、連帯への思いが、その不可能性を前提に心熱く希求されていたところに、その意味があった。

『やさしき志士達の世界へ』という第一歌集のタイトルそのものが、なによりも三枝の意識の尖端を示していた。その冒頭の歌は、「まみなみの岡井隆へ　赤軍の九人へ　地中海のカミユへ」というものである。若い世代の理論的支柱とも言うべき歌人の岡井隆は当時、九州へ出奔し行方がわからなかった。赤軍の九人は、よど号をハイジャックし、北朝鮮へ亡命してしまった。『異邦人』や『ペスト』『シーシュポスの神話』などの作者であり、ノーベル文学賞も受賞したアルベール・カミユはプロヴァンスで友人の運転する車が事故を起こし、死んでしまった。これらは、当時の三枝昂之が、歌へ託そうとしているものの在り処をなによりも雄弁に語っているということができよう。三枝昂之は、それらついに声の届かない「志士達」への連帯のメッセージとして、詩の言葉を発していたのかもしれない。それは「われ」から「われわれ」への架橋の意志にほかならなかった。

第三歌集『地の燠』の掉尾の一首が「あかるさの雪ながれより」の歌である。「われ」から「われわれ」への連帯の思いを心熱く詠ってきた三枝であったが、その第一歌集からの時間の経過のなかで、いやおうなく「ひとりとてなし終の敵・終なる味方」という苦い認識に至らざるを得なくなったのである。「昨日の敵は今日の友」なる格言を下敷きにしていることは言うまでもない。敵とか味方とか、はっきりしていればまだいいのである。しかし、「終《つい》の敵」も「終なる味方」もとうとう自分には居なかったという苦い思い。まことに中途半端な仲間でしかないという忸怩たる思い。そんな内部の鬱屈とは関わりがないように「あかるさの雪」が流れよる。明るさがいっそう内部の昏さを浮き立たせたのであろう。

三枝昂之は、現代短歌の世界において、短歌史を常に正当に取り込みながら、しかも短歌という詩型の論理を見つめつつ評論を書き続けている歌人である。好著『昭和短歌の精神史』は一冊でいくつもの文学賞を受賞するなど目覚ましい注目を集めたが、短歌史への目配りだけでなく、歌壇の現在への精緻な目配りという点において、大切な役割を担う評論家である。

第五章　日常——大根を探しにゆけば

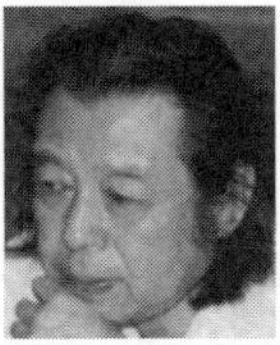
玉城徹

石田比呂志

山崎方代

高瀬一誌

積みてある貨物の中より馬の首しづかに垂れぬ夕べの道は

玉城《たまき》　徹《とおる》『馬の首』（昭37、不識書院）

玉城徹の第一歌集『馬の首』は、愛すべき歌集である。しずかに撫でていたいような柔かさをもった歌集である。しかし、書かれている内容は、まことに無愛想であり、読者を喜ばせようといった思惑は微塵も感じられない。むしろ、読んでほしくないよとでもいった素っ気なさに満ちた歌集でもある。そして、それが人間玉城徹の魅力でもあり、本歌集の魅力でもある。

歌集の後記に、玉城徹は「わたしの作品は、体験した現実の模写でもないし、わたしの生活の再刻でもない。そういう意味では、わたしの作品は、わたしの生から出発したものではない」と述べている。この集に採録した歌を、自分の生活の記録として読んでもらっては困ると釘を刺しているのである。続けて、「これらの作品に、わたしは、自己の刻印を示そうとしたのではなかった。抽象的思考——言葉をかえていえば、一つの「美」への祈願——は、つねに、自己の抹消の企図をふくむのである」とも述べている。自己の記録でないばかりか、ここに詠われている歌は、「自己の抹消の企図をふくむ」とまで言うのである。

ここに見られるような、ある種の偏屈さは、玉城徹の軌跡のほうぼうに感じられたものだが、たとえば多くのアンソロジーへの参加は、ほとんど断わっていたようであり、当然収録されてしかるべきアンソロジーに玉城徹の作品を見ることができない。徹底しているのである。個人的には、そのようなへそ曲がり的な潔癖さを私は好きなのである。

生《せい》の記録ではないと言いながら、しかし歌集『馬の首』には、戦後の貧しい日々の影が色濃く落ちているというべきである。掲出の一首は、「いづこにも貧しき路がよこたはり神の遊びのごとく白梅」から始まる冒頭の一連「いづこにも貧しき路が」七首の最後の歌である。ちなみに『馬の首』では各章のタイトルは、すべてその一連の冒頭の歌の上句をそのまま取っている。この「どうでもいいさ」といった一見なげやりにも見える姿勢が、決して「どうでもよくはない」作者の覚悟を感じさせ、自家撞着を含みつつ、若い魅力ともなっている。

貨車に馬が積まれている。駅で長く停まっているのだろう。貨物の中から、「馬の首」がしずかに垂れていたというのである。それだけの景である。作者がそれにどう感じたとか、どういう象徴的な意味を見いだしたとかについてはいっさい述べられない。しかし、その人気のない静かな景には、一連の冒頭の「いづこにも貧しき路がよこたはり」と詠われるような、からんと殺風景な戦後の貧しい景が重なるのである。ここには玉城徹個人の生の刻印はないかもしれないが、戦後のまだ慌ただしくはないが、しかしどこかに確かな生の実感を感じさせるような風景は刻みこまれていたというべきであろう。

ろくろ屋は轆轤を回し硝子屋は硝子いっしんに切りているなり
石田比呂志《いしだひろし》『蟬聲集《せんせいしゅう》』（昭51、短歌新聞社）

陶工もかたらずわれも語らざりろくろに壺はたちあがりゆく
玉井清弘《たまいきよひろ》『久露』（昭51、角川書店）

「ろくろ屋」という職業があるのかどうか、私は知らない。轆轤《ろくろ》は回転する台の上に粘土などを置いて、まわしつつ回転体を作るものである。ろくろ屋が轆轤をまわす。硝子《ガラス》屋が硝子を切る。ともに何の不思議もない、あまりにも当たりまえの景である。しかし、自らの職業に関わるその仕事を、「いっしんに」為している姿がそこにある。何も余計なことを考えず、ただただ自らのなすべき作業だけを黙々とこなしている職人たち。石田比呂志のこの一首は、そのような自らの仕事にいっしんに打ち込んでいる作業の純粋性に、心を動かされて成った歌である。

玉井清弘の歌も職人の労働の現場を詠った歌である。陶工が陶器を作る現場を見学しに行ったのであろう。ろくろをまわしながら、その回転に応じて、粘土の壺がだんだん立ちあがってゆく。もちろん陶工は何も語らず、己の作業に打ちこんでいるが、その作業の一部始終を間ぢかで見ながら、作者も声を発することはない。労働の現場、とくに手作業の現場の張りつめた雰囲気が快い緊張感をもたらしているだろう。上句の対比的なリフレイン（繰りかえし）は、そのきびきびしたテンポをもって、見られる存在としての陶工と、それに見入る作者（見学者）のあいだの緊張関係を感じさせる。そして、それに応じるかのように、壺が立ちあがってゆくという下句の描写は、壺という形ができてゆくまでのダイナミックな動きがまざまざと目に見えるかのような一首となっている。

いずれの歌も、単純な作業というものの持つ美しさに触れて成った作品であろう。単純な作業であればある程、それが澄み透っていくまでに集中された場合には、独楽《こま》がその軸のまわりを、ひたと動かなくなりつつ回っているときのような、純粋な澄明感、集中感を生みだすようでもある。

こんなにも湯呑茶碗はあたたかくしどろもどろに吾はおるなり
山崎方代《やまざきほうだい》『右左口《うばぐち》』(昭48、短歌新聞社)

うどん屋の饂飩の文字が混沌の文字になるまでを酔う
高瀬一誌《たかせかずし》『喝采』(昭57、短歌新聞社)

山崎方代は、現代の歌人のなかにあって特異な存在であると言ってもいいだろう。戦争で右眼を失明、左眼の視力も極端に落ち、終戦によって帰還したのちも、生涯定職らしい定職を持つことはなかった。「放浪の歌人」「漂泊の歌人」などと呼ばれることもあるが、親戚の家に身を寄せたり、農家の小屋に住んで農作業を手伝ったり、晩年は鎌倉の知人によって建てられた別棟四畳半を住処《すみか》とした。

掲出歌は、晩年を過ごした鎌倉の四畳半の小屋での生活のひとコマである。わずかな食器のひとつの湯呑茶碗なのであろう、方代の歌には茶碗や土瓶がよく登場する。掌に包んだその思いがけないあたたかさに、「しどろもどろ」になったというのである。その温さがあまりにもありがたく、どうしてよいかわからないほどに涙ぐましくなるのである。「しどろもどろ」はいかにも方代の生き方そのもののようでもあり、この口語調は方代の呟きそのものとしての響きを持っている。

歌集名『右左口《うばぐち》』は、方代の故郷の山梨県右左口村のことであり、「ふるさとの右左口郷《うばぐちむら》は骨壺の底にゆられてわがかえる村」(『こおろぎ』)なる一首もある。生きて故郷に帰ることはあるまいという寂しい諦念あるいは覚悟を、軽く詠ったものである。方代の歌には、自己戯画化を通じて、自己だけでなく社会を相対化する視線に鋭いものがあるが、いっぽうで口語を交えたわかりやすい文体と、おどけたような寂しいおもしろさがあり、歌壇の枠を越えた歌人としてその歌を愛する読者が多かった。

文体の特異さという意味では、髙瀬一誌も独特のリズムと味わいをもった作家である。口語調が多いという意味では山崎方代にも通じるし、世の中の真面目くさった平凡を笑いのめすようなエスプリの利いた鋭い批評精神が、その作品に通底している歌人である。広告業界の第一線で長く働き、コピー的な発想に裏打ちされた社会批評とも言えよう。

掲出の一首も、思わず笑ってしまう。うどん屋の饂飩の文字。書くのはむずかしくても、日本人ならなんとなく読むことはできるだろう。その文字が酔って見ていると「混沌」に見えてくると言うのである。なるほど確かに見えなくもない。そこに発見がある。そう言えば「うどん」と「こんとん」は発音もなんとなく遠からずである。酔ったうえでの他愛もない発見であるが、それをおもしろいと思うとともに、「饂飩」だけではなく、なんでも「混沌」の世の中ではないのかとかすかに思う。そして、しかし「混沌」などと大げさに言ってみても、所詮は「饂飩」くらいの他愛のなさであるのかもしれないと思ったりもする。

そんな読みに誘うのは、結句のストンと階段を踏み外してしまうような字足らずの効果も相俟っているだろうか。この歌の結句は「酔う」とわずか二音。第四句が「文字になるまでを」なので、この八音の最後「を」を結句に持ってきても、なお三音である。高瀬一誌の歌には、このような定型を完全に無視したような思い切ったリズムが随所に見られる。非定型の口語自由律とも思えるほどだが、しかし読後感はたしかに定型なのである。高瀬の内部では常に定型が意識されている。意識しつつ、その破れに世界を見る自らの視線を賭けようとしている風に感じられる。快い定型のリズムに敢えて乗せないで詠うというところに、高瀬一誌の作歌の拠りどころがあったのだろうと思われる。

ほんの小さな見つけどころであるが、そこからは読み手の精神状態によって、いろいろな読み方が可能であり、許されるのである。歌を読む喜びは、決まった読みに辿り着くことではなく、自分だけのいろんな読み方を一首のなかで遠くまで飛ばせてやることにあるだろう。歌の読みに正解はないと、私はこれまで言い続けてきたのだが、歌の読みは、実は読者の数だけ違ったものがあっていいのである。そういう読まれ方をする歌が、実はいい歌として読者の心に残り続けることになると私は思っている。

大根を探しにゆけば大根は夜の電柱に立てかけてあり

花山多佳子《はなやまたかこ》『木香薔薇』(平18、砂子屋書房)

思わず噴き出してしまうのではないだろうか。買い物にゆき、籠いっぱいの食料を抱えて帰ってきたのである。家に帰って料理にかかってみると、買ったはずの大根がない。どこかに落としたのに違いない。探しに出かけたのである。まずそこがおもしろい。そして、まさに奇跡的に見つけたのである。大根は「夜の電柱に立てかけて」あった。神々しくも見えたに違いない。誰かが気づいて、どこに届けたらいいかもわからず、取りあえず電柱に立てかけておいてくれたものなのだろう。

歌ではなにか深遠な思いや深い感動を詠まなければならないと思っている人々からは顰蹙《ひんしゅく》を買いそうな歌である。なんてつまらないことを歌にしているのだと叱られそうでもある。しかし、こういうおもしろい歌を許すのも現代短歌である。現実の生活のなかには、こんな滑稽なシーンは数えきれないほどある。しかし、それらのほとんどはその場では笑っても、すぐに忘れてしまう類の些事である。それがこのように歌として残されてみると、なるほどわれわれの日常生活というのは、このようなばかばかしい滑稽さのなかに息づいているのだとあらためて思わせられる。そんな笑いがあるからこそ続いている現実の世界なのかもしれないのだ。そのようなことに少しでも思いが向かうとするならば、この一首の存在価値はとても大きい。

花山多佳子は子供たちの日常を詠った歌に特色のある歌人である。

神がかりのようなおみな子の物言いに動かされつつ遊ぶおとうと　『楕円の実』
椅子の上に丸くなりたる子の背《せな》はアラジンのランプと言うからこする　『草舟』
プリクラのシールになつて落ちてゐるむすめを見たり風吹く畳に　『空合《そらあひ》』

〈あの人つて迫力ないね〉と子らがささやく〈あの人〉なればわれは傷つく

どれもおもしろい。子を一方的に可愛いとか、愛しいとか思う精神からは出てこないおもしろさであろう。ここには対象をひとつの見方で括ってしまわないことからくる精神の自由さが感じられる。子供という対象が見せるさまざまの表情と行動を、自らがおもしろがって観察している視線の躍動感がある。自分の目をゼロ状態に保ちながら、対象を観察すること、それは思うほど簡単ではない。

最後の歌には少し注釈が必要だろうか。姉と弟が向うでひそひそ話している。聞くともなしに聞いていると「あの人って迫力ないね」とかすかに聞き取れる。その「あの人」とはまさに母親である自分なのであった。傷つくのはむべなるかなと同情せざるを得ないわけだが、だんだん大きくなっていく子供たちとの日常のなかで、このように子供を通じて自己を相対化するという機会は多くあるはずである。そんな日常の大切さに気づかない歌人も多いのである。

おもむろに階《はし》くだりゆくわが影の幾重にも折れ地上にとどく

来嶋《きじま》靖生《やすお》『雷《いかづち》』（昭60、短歌新聞社）

歌人にはそれぞれ拘りがある。来嶋のそれは歌集名に端的に現われている。すべての歌集名が一字で統一されているのである。第一歌集『月』に始まり、『笛』『雷』『島』『峠』などなど、たぶん最後までこれを貫くのだろう。つまらないと言えばつまらない拘りであるが、私はそういった些細な細部への拘りは好きなのである。何かに拘りをもつ人を友人に持ちたいと願う。現代では、折に触れて自分らしさとか個性とかを口にするが、その実、その人らしい拘りを持たず、のっぺらぼうな人間が多すぎる。来嶋は会えば常に温和な表情を崩さない紳士であるが、私はその向うに流れている意地でも譲らないという強い個性をいつも感じ、それがちょっと怖しく、とても好きな歌人なのである。

階段を下るとき、自らの影が階段に映る。その影が「幾重にも折れ」ていることに気づいたという歌である。気づきの歌、発見の歌という範疇にはいる歌である。それで十分におもしろ歌いのだが、この一首においては、結句「地上にとどく」が眼目であろう。おのれの身体は、まだ階の途中にあるのに、幾重にも折れた影の先端はすでに地上に届いている。それがどのような認識であったのかは私にはわからない。しかし、その影の先端に自らの目が届いたというそのことに価値はないだろうか。普段、気づきもしないで、見ていながら気づくことなく見逃している事実の多さに、この一首はさりげなく気づかせてくれるようでもある。階段を折れ曲がりながら、その先端が地上に落ちている、そんな謂わばありふれた日常の景に意識が向かうようになることは、すなわちなんの変哲もない日常をおもしろがることの基盤ができたということでもある。歌を詠むとは、そのような現実、日常の世界を見る目を鍛えることでもある。

「死」をわざと「死」と誤植してそのままに刷りおり創刊号の詩の同人誌

浜田《はまだ》康敬《やすゆき》『望郷篇』（昭49、反措定出版局）

浜田康敬は植字工としての勤めを持っていた。コンピューター上で活字を組み、編集をするのではなく、一字一字、棚の箱から活字を選び出し、それらを並べることによって文章を作って行くのである。いまの若い層には想像すらむずかしいかもしれないが、私たちが雑誌の編集をしていた若い頃には、活字が横を向いていたりひっくり返っていたりするのは普通のことであった。校正という作業のかなりの部分はこのひっくり返った活字を元に戻す作業でもあった。

浜田は植字工として詩の同人誌の印刷を請け負っている。その活字を拾っているとき、詩のなかに「死」をテーマにした作品があったのだろう。浜田は植字工としてではなく、そのときおそらく自らが詩人（歌人）としてその詩を読んだのであろう。読まなければ活字を拾えない。そして、わざと「死」を横向きに「死」と並べたのだ。

そのページに詩として出されているものに対する批評精神が当然あるだろう。こんな安易なレベルで死を詠ってもらいたくないという思いもどこかにあっただろうか。あるいは、自分はこんな下働きとしての植字の仕事をしているのに、のうのうと詩と称したくだらないものを印刷にまわしているエリートに対する反発もあったかもしれない。そのような精神の動きから、浜田は「死」という活字を横向きに並べ、そのまま印刷してしまったのだと言う。当然、ある種の悪意が感じられるが、現代の詩には悪、あるいは悪意は必須の要素だという浜田の声が聞こえるような気がする。

降職を決めたる経緯ありのままに声励まして刻みつつ言ふ

篠《しの》　弘《ひろし》『濃密な都市』（平4、砂子屋書房）

篠弘は現代短歌における評論家として欠くことのできない存在である。『現代短歌史』（全三巻）、『近代短歌論争史』（全二巻）などの膨大な仕事は、出版の最前線でリアルタイムの激務をこなしながら、一方で神田の古書街を歩き、資料を丹念に渉猟しながらの仕事であった。篠のこれらの仕事の恩恵を被らない現代歌人は少ないのではないかと思われる。短歌史だけでなく、現在の歌壇状況への提言も持続的に行い、まさに現代短歌のオピニオンリーダーの一人である。

篠は編集者としての職業をもっている。職場での複雑な人間関係を注意深く観察し、また自らの立場と同僚や部下との摩擦軋轢なども、積極的に詠おうとしている。職場詠という分野があり、一時はそのような歌が歌壇的にも多かったが、現代では篠弘の歌が職場詠という範疇にもっともよく当てはまるように思われる。篠は管理職である。時には非情な決断をしなければならないときもあるのだろう。部下を呼びだし、面と向かって「降職」を告げる。なんとも嫌な場面である。私などは逃げ出したいほうだが、篠弘は「経緯ありのままに」告げるのだと言う。しかし、それはやさしいことではない。たとえ立場が管理職だとはいえ、人間的には辛い行為だ。「声励まして刻みつつ言ふ」というところに、人間篠弘の心を読むことができよう。謂わば、悪役、それを糊塗せずに正面から詠おうとするところに篠弘の面目がある。

数人の同僚を馘《き》りしすぎゆきを呟けば四人が覚えてをりぬ　『至福の旅びと』

という歌もある。「すぎゆき」は過去のこと。昔、同僚の首を切ったことがあった。それは喉に刺さった棘のようにいつまでも記憶から消えることのない秘かな痛みとしてあったのだろう。仲間たちと飲んだ折り、ふとそのことを口にすると、四人までがそのことを覚えていたと言うのである。それは自分にとって辛いことであったばかりでなく、仲間たちにも強く記憶に残る仕打ちとして残っていたのだと改めて知る。自分が皆からどのように見られていたのかを、布を切り裂くように見せられたという場面だろうか。辛いことだが、篠弘には自分の職業への強い誇りがある。

ラルースのことばを愛す〝わたくしはあらゆる風に載りて種蒔く〟　『昨日の絵』

ピエール・ラルースはフランスの百科事典編集者であり、出版社を興し、ラルース大百科事典などを出版している。ラルースは編集者なら、特に百科事典の編集者なら憧れの対象なのだろうが、篠弘はその憧れの思いを、ラルース社の商標を詠うことで表わしたとも言える。ラルース社の商標には、タンポポの綿毛を吹く少女がデザインされている。風さえあれば、それに乗って、どこまでも種を運び、蒔くことができるという意味である。その商標には、同様の標語が書かれているとのことであるが、それを篠弘自身の言葉に意訳したのが第三句以下の引用符のなかの言葉である。編集という仕事に対する自負の思いの強い一首である。

受話器まだてのひらに重かりしころその漆黒は声に曇りき

大辻隆弘《おおつじたかひろ》『抱擁韻』(平10、砂子屋書房)

大辻隆弘は岡井隆に師事し、「未来」短歌会で作歌活動を行っているが、一方で評論においても目覚ましい活躍をする論客であり、個人的には私のもっとも信頼する若手歌人のひとりである。

郷里の三重県を離れることなく作品を発表し続けているが、同世代の歌人たちが、ライトヴァースやニューウエーブといった旗印のもとに、華やかな活動をしているなかにあって、大辻はそれらとは距離を置き、特に自らの基盤としてのアララギ派歌人の研究など、地道な活動に取り組んできた。若くして上梓した評論集『子規への溯行』は、自らの問題意識と切り結んだ好論だが、それ以降も『岡井隆と初期未来』や『アララギの脊梁』など、徹底して原資料にあたりながらなされる評論は、研究書としての価値も持ちつつ、なお大辻の意図を正面から主張するものとなっている。

掲出歌「受話器まだ」の歌では、歌われている内容は単純である。単純であるが、それぞれ読者が「ああそうだった」と思い出す、その〈ああ〉という息づかいが聞こえてきそうな歌である。昔の電話機、受話器は黒く重かった。長く話をしていると、手が疲れてくるほどだった。「受話器まだてのひらに重かりしころ」とはそんな時代、大辻の青年時代であろうか。

受話器はどこでも黒、すなわち「漆黒」が当然であったのに、現在では黒の受話器を探すほうがむずかしくなっている。白やベージュなど、暖色系の明るい色が好まれる。受話器だけでなく、いつのまにか多くの家電製品がみんな明るく淡い色に変わり、かつ軽量化が徹底してきた。家電製品だけではなく、壁の色、床の色、どれも同じような色合いが好まれている。明るいのはいいことである。しかし、明るいだけの外面は、それぞれの内部に抱えているはずの、感性や思考の襞というものへの視線を稀薄にするものでもある。落ちついて、家族が話をしたり、内面に抱えているはずの闇の部分への回路を狭くもしてしまうだろう。明るい光のもとでの自己省察はむずかしい。あまりに能天気な明るさは、人の精神を疲れさせるものでもある。私などは、東京の街の明るすぎる照明のもとから京都へ帰ってくると、街の暗さにほっと安心をする。暗さは落ち着きをもたらす。

大辻の歌ではそこまでは言っていないが、漆黒の受話器を握りしめて、話に夢中になっていたとき、ふとその漆黒の表面が息で曇ったのを発見したのである。写生の妙味と言うべく、些《さ》細《さい》な、しかし大きなリアリティのある発見であろう。結句「声に曇りき」は、単に自らの息で曇ったというよりは、もう少し話の内容にリンクしているのかもしれない。受話器が曇るまで、深刻な話をしていたのだろうか。内容はどうでもいいのだが、そんな重い受話器を握りしめて、必死に相手と話をしていた若い時代をほろ苦くも思い起こしているのである。思い出は常に、日常の〈具体〉とリンクして顕《た》ち現われる。

終バスにふたりは眠る紫の〈降りますランプ〉に取り囲まれて

穂《ほ》村《むら》　弘《ひろし》『シンジケート』(平2、沖積舎)

若い歌人に圧倒的な人気のある作家である。歌壇の枠を越えて、エッセイストとしての活動も多く、若者を短歌へ引き寄せるのに大きな力を発揮している作者だと言えよう。

私たちが歌を作るとき、誰もがそれを指し示す言葉に疑いを挟んでいては、歌にならない。特にモノを示す名詞は、誰もが了解できる形で、その指示されるモノと一対一でイメージを繋いでくれるはずだという前提に立っている。しかし、時に、目の前のものを何と呼んでいいのかわからない場合がある。自分が知らないだけかもしれないし、まだそのモノに名前がないという場合もあるだろう。そんなとき、そのモノの歌を作ろうとすれば、どうすればいいのだろう。

バスには降車を運転手に知らせるためのボタンがある。それを押すとランプがついて、「次停車」ということを知らせてくれる。そのボタン、そのランプには名前があるのだろうか。普通、人はあまりそんなことを考えないで過ごしている。しかし、穂村弘はそのランプを〈降りますランプ〉と呼んだのである。ここでこの一首は成立した。最終バスに二人が眠っている。誰か他の二人かもしれないが、ここは自分と恋人ととっておきたい。一日を遠くまで出かけて愉しく遊んだ、その快い疲れのなかで眠っているのだろう。ふと見ると、どのランプにも紫の「次降ります」という灯がついている。そんなバス中の暗い灯に囲まれていることが、不思議な童話のなかの出来事のように懐かしいのである。

このランプには正式には〈降車ランプ〉という名があるらしい。しかし、ここでそんな漢語からなる正式名が登場しては、この歌のほのぼのとした幸福感が台無しである。ここは見たままのイメージを、敢えてたどたどしい〈降りますランプ〉と幼く表現したことが成功の秘密であろう。

私は個人的には、このような「まだ」名前のないモノをどう表現したらいいかということをとてもおもしろく感じている。たとえば、病院へ行くと、外来の待合室からいろんな色の線が廊下に伸びている。その線を辿ってゆくと、その先はX線検査室だったり、血液検査室だったり、放射線治療室だったりする。この線に名前はあるのだろうか。たぶん、あるのだろう。だが、そんな正式な名前でなくて、自分が感じてぴったりする名前でこの線を歌のなかに登場させられればいいな、などと思ったりするのである。こういう些細なことも歌を作る楽しみの一つである。

サバンナの象のうんこよ聞いてくれだるいせつないこわいさみしい　『シンジケート』

穂村弘はこんな歌をもって、私たちの前に登場した。従来の短歌の短歌らしさをいとも簡単に遠くへ放り投げてしまったという印象であった。なんとも爽快な歌である。第二章で佐佐木幸綱の「さらば象さらば抹香鯨たち酔いて歌えど日は高きかも」をあげたが、それに通じる大きさと爽快さである。青春はときにこのような破天荒な歌をもたらす。

第六章 社会・文化

——居合はせし居合はせざりしことつひに

宮柊二

渡辺直己

前田透

加藤克巳

大野誠夫

岸上大作

清原日出夫

竹山広

ひきよせて寄り添ふごとく刺《さ》ししかば聲も立てなくくづをれて伏す

宮《みや》 柊二《しゅうじ》『山西省』(昭24、古径社)

宮柊二は北原白秋に師事して作歌を始め、白秋が「多磨」を創刊すると、それに参加するとともに、白秋の秘書となって白秋邸に通うこととなった。糖尿病による眼疾により、視力が極端に悪くなった白秋のために、口述筆記などをしていたという。その後、経済的理由などから富士製鋼所(後の日本製鉄)に勤めたが、同年の昭和一四年(一九三九)、日中戦争が激しさを増すなか、召集されて中国大陸に渡ることとなった。一八年には陸軍軍曹となり、四年の兵役を終えて同年召集解除となるまで、山西省《さんせい》を中心に転戦した。その間に詠まれた歌を集めた歌集『山西省』は、日中戦争を詠った代表的な歌集となった。

「ひきよせて」の歌は、「北陲」という一連中の一首だが、詞書に「部隊は挺身隊。敵は避けてひたすら進入を心がけよ、銃は絶対に射つなと命令にあり」とある。挺身隊、つまり身を挺して敵陣に侵入するというのである。突撃隊である。しかし決して銃を撃ってはならない。夜の闇に紛れて奇襲を敢行するのである。

　うつそみの骨身《ほねみ》を打ちて雨寒しこの世にし遇ふ最後の雨か

という一首から一連は始まる。宮柊二にとってこの作戦は、文字通り決死の戦いであった。この雨が「この世にし遇ふ最後の雨か」という感慨は、明日はおそらく生きては帰れまいという覚悟でもあっただろう。掲出の一首を含めた一連中の作品を抜き出してみる。

　身のめぐり闇ふかくして雨繁《しぶ》吹き峪下《たにくだ》るは指揮班第一小隊のみ
　磧《かはら》より夜をまぎれ來《こ》し敵兵の三人《みたり》迄を迎へて刺せり
　ひきよせて寄り添ふごとく刺《さ》ししかば聲も立てなくくづをれて伏す
　闇のなかに火を吐き止まぬ敵壘を衝くべしと決《き》まり手を握りあふ

　息詰まるような戦闘場面である。なかでやはり掲出の一首の完成度の高さには目を見張るものがある。闇にまぎれて迫ってくる敵兵と、闇のなかで待ちうけるこちら側の兵。どちらも命を賭けた戦闘である。待つ時間の息詰まるような緊張感のなかで、ぎりぎりまで「ひきよせて」、そして「寄り添ふごとく刺し」たというのである。この描写の迫力に圧倒される。下句には、その結末がしずかに描写される。

残酷な場面ではある。しかし、敵も味方もどちらもこのような戦闘を繰り広げていたのは事実なのである。それが戦争というものの実体である。宮柊二は、それを奇麗ごととして糊塗することなく詠った。国を守るとか、大東亜の秩序を守るとかの概念では決してなく、戦争というものがいかに残酷な個々の行為の集積であるかを、まさに身を挺して詠ったのであった。幹部候補生になれという再三の慫慂にも同意することなく、最後まで兵として戦闘に参加した宮柊二であったが、そこには、

おそらくは知らるるなけむ一兵《いっぺい》の生《い》きの有様《ありざま》をまつぶさに遂《と》げむ

という強い意識があった。まさに一兵卒として戦闘の最前線に立ちつつ、人間はどのような生を全うできるのか、それを「まつぶさに」見つめたい、見届けたいという強い意志でそれはあっただろう。低い視線からの誠実さ、そこに宮柊二を決定的に特徴づけるものがあった。

そのような宮柊二であったからこそ、終戦後の歌集『小紺珠《しょうこんしゅ》』の冒頭の歌、

たたかひを終りたる身を遊ばせて石群《いはむらが》れる谷川を越ゆ

という歌に、しみじみとした感慨と深い喜びが息づくことになったのである。

宮柊二は一兵卒として日中戦争の戦闘の現場を詠ったが、これは古典和歌にも、また近代短歌にも見られなかった歌であった。少なくとも、歌人として名前の残っている人たちがこのような臨場感のある現場の歌を即物的に詠うということはなかった。その意味でも宮柊二の『山西省』は特筆されるべき歌集となったのである。

涙拭ひて逆襲し來る敵兵は髪長き廣西學生軍なりき

渡辺直己《わたなべなおき》『渡辺直己歌集』（昭15、呉アララギ会）

宮柊二は、それでも生きて帰還することができたが、日中戦争の最中《さなか》、大陸で命を落とした

歌人も多くあった。渡辺直己もそのひとりである。土屋文明に師事し、「アララギ」に入会したが、日中戦争の勃発とともに、陸軍少尉として召集され中国へ渡り、現地で命を落とすことになった。渡辺直己の歌人としての活躍の時期はきわめて短く、わずか二年ほどであったが、死後、遺族と友人たちの手で『渡辺直己歌集』が刊行され、大きな注目を集めることになった。

逆襲してくる敵兵を冷静に見つめている。敵兵のほうは、最後の突撃として必死の覚悟で攻め寄せて来たのであろう。その兵たちは「髪長き廣西學生軍」なのだと気づいたとき、渡辺直己のなかに共振するものがあったはずである。自分も戦っている、彼らも戦っている。どちらも年齢的には近い若者である。それが敵味方に分かれて戦わなければならない。現在のように遠方から砲を撃ったり、空中から爆撃したりという戦闘ではない。宮柊二と同様、相手の顔が間近に見える戦闘である。そこにこそ戦争の残酷な本質が見えてくるのである。〈敵〉の学生たちは、涙を拭きながら逆襲してくる。逆襲というからには敵に分《ぶ》が悪い戦闘なのであろう。死ぬ覚悟で迫ってくる兵たちが、実は学生軍であると知ったとき、敵を迎え撃つというより、手を広げて迎え入れるような精神の動きが、歌のなかに感じられないだろうか。そんな葛藤は、なにより雄弁に戦争というものの悲惨さと無意味さを照らし出すものとなった。

通訳の少年臆しつつ吾に訊《と》ふ吾が教へたる日本語あはれ

前田《まえだ》　透《とおる》『漂流の季節』(昭28、白玉書房)

前田夕暮《ゆうぐれ》の長男として生まれた透は、一〇歳ころより作歌に親しみ、夕暮の主宰する「詩歌」に出詠していた。昭和一三年(一九三八)、東京帝国大学を卒業して、就職した年に召集を受け、南方戦線に配属された。特にチモール島に長くとどまり、終戦までのチモール体験は、その後の前田透の生涯を通じて作歌の基底ともなった。

この一首は「サルタン宮にて」という一連にあるが、これには「一九四六年四月、スムバワ島スムバワブサールのサルタン王宮庭前の芝生に、チモール島部隊の百数十名の将兵が、或者は理由不明のまま戦犯容疑として蘭軍より召喚されて並んだ。簡単な取り調べののち、有罪と見做された者はチモール島クーパンの濠軍刑務所へ送られ、更に正式裁判の後マヌス島に収容されたが、その過程で多くの者が死んだ」という詞書がある。

捕虜として王宮前の芝生に引き出された前田らは、これから戦争裁判のための簡易な取り調べを受けようとしている。オーストラリア軍による取り調べであるが、通訳をする少年は、以前前田が日本語を教えた少年だったのである。皮肉にも、かつて自らが教えた言葉が、いま逆におのれを裁くための言語として発せられようとしている。結句「日本語あはれ」には、厳しく裁くための言葉でもある日本語が、実は作者に親近感を抱く少年によって「臆しつつ」発せられる言葉であることの反映がある。居丈高ではなく、おずおずと自らの敬愛する師に尋問の通訳をしているというシーンなのである。

前田はポルトガル領チモールに派遣された当初より、現地の人たちとの交流を通じて、そこに理想社会の建設を夢見ていた。「さそりが月を嚙じると云へる少年と月食の夜を河に下り行く」という作品もあるが、昭和一七年より二〇年まで、原住民と暮らしを共にしていたのである。「ポルトガル領チモール島には王四人あり。その一人ドミンゴス王ジュキンは私と親密でよく協力した。その子らは私を慕ひ私は彼等を愛した」なる詞書をもつ一連もある。前田はその理想社会建設への志から、終戦後もなおしばしこの島にとどまることになり、帰還したのは翌年になってからであった。

ダミアの歌聲ひくく流れ來て裏街の辻に雪は降りつむ

加藤克巳《かとうかつみ》『エスプリの花』(昭28、白玉書房)

兵たりしものさまよへる風の市《いち》白きマフラーをまきゐたり哀《かな》し

大野誠夫《おおののぶお》『薔薇祭』(昭26、桜桃書林)

これら二首は、敗戦後の日本の風俗を詠ったものである。まだ日本は戦後の混乱期、街には傷痍《しょうい》軍人が溢れ、買い出しや闇市が公然と行われていたころである。作者の二人はそんな東京の街にいた。加藤と大野はともに「鶏苑」なる同人誌を創刊したりもして、親しい友人でもあった。近藤芳美らと「新歌人集団」を組織し、これは戦後の歌壇をリードする集団として大きな役割を果たすことになった。

ダミアはフランスのシャンソン歌手であり、「暗い日曜日」などでよく知られる。「暗い日曜日」は戦前の作品だが、曲調、歌詞ともに陰鬱のきわみであり「自殺の聖歌」とも呼ばれていたという。イギリスをはじめとする国々で放送禁止になったり、日本においても発禁処分を受けている。戦後、それらは解除されたのだろうが、裏街にダミアの暗い歌声が低く流れているというのである。低く流れるダミアの歌声と、裏街の辻に降り続ける雪が、当時の貧しさと世相の暗さを反映しているようである。

大野の歌は、より直截に戦後風俗を詠っている。大野は一時期、街のいたるところでそれら戦後風俗を詠った作家であり、『薔薇祭』にはそのような歌が多い。ついこのあいだまで兵であった者たちが、戦後の混乱期に自らも何をなしたらよいかわからぬままに街をさまよっている。風の吹き抜ける闇市をさまようこの青年は、白いマフラーを巻いている。少年航空兵あるいは特攻隊の生き残りだったのだろうか。兵として死ぬこともできず、おめおめと生きながらえているという、どこか崩れた感じの投げやりさが濃厚に感じられる歌である。当時はそのような精神の崩れに耐えがたく荒《すさ》んでいる若者たちが多くいたはずである。もちろん大野はそれを糾弾する側にいるのではない。そのようにしか生きられない「生きのこり」の青年にどこか通じるような己れの生の悔しさがそのまま歌に投影されているようでもある。

血と雨にワイシャツ濡れている無援ひとりへの愛うつくしくする

岸上大作《きしがみだいさく》『意志表示』(昭36、白玉書房)

何処までもデモにつきまとうポリスカーなかに無電に話す口見ゆ

清原日出夫《きよはらひでお》『流氷の季』（昭39、初音書房）

一九五一年（昭和二六）、時の首相吉田茂は渡米し、サンフランシスコ市において、いわゆるサンフランシスコ平和条約の締結にサインした。アメリカ合衆国をはじめとする連合国と日本とのあいだの戦争状態を終結させるという内容であった。同時に日本は、米国とのあいだに日米安全保障条約を結び、占領軍として日本に駐留していた米軍が、「在日米軍」として以後も日本国内に駐留することになった。六〇年になって岸信介内閣は、安保条約に防衛義務などを付加した、いわゆる「新安保条約」を締結したが、その批准をめぐって国会は混乱し、それは全国民を巻きこんだ、いわゆる安保闘争へと発展することになった。戦争へ巻き込まれることを懸念する日本社会党や日本共産党などの国会内での反対運動とともに、労働者、市民を巻き込み、特に全日本学生自治会総連合（全学連）を中心とした学生が運動の中心となって、連日国会を取り囲むデモが激しく行われた。全国に展開されたこの安保反対闘争は、一〇年後の反対闘争と区別して、六〇年安保闘争と呼ばれる。

六〇年安保闘争は当然のことながら、多くの歌に詠まれたが、そのなかで学生歌人の活躍が大きく注目された。その中心にいたのが、東京、國學院大學の学生であった岸上大作と、京都、立命館大学の学生であった清原日出夫であった。

岸上大作は、高校生のとき「まひる野」に入会して歌を作りはじめていたが、本格的に歌人として活躍するのは、國學院大學に入学し、学生短歌会の「國學院短歌」や、同人誌「汎」などに歌を発表しはじめた五八年以降である。六〇年六月一五日、国会前における機動隊とデモ隊との大規模な衝突によって、女子学生樺《かんば》美智子が圧死した事件は、六〇年安保闘争の象徴的な意味をもっていたが、岸上は当日のデモにも参加し、警官の警棒で頭部を負傷したりもしている。

岸上の作品は「恋と革命のロマンチシズム」と呼ばれることが多い。掲出歌などからそのようなキャッチフレーズがついたのである。「血と雨にワイシャツ濡れている無援」には、ヒロイックなポーズが当然感じられるが、数限りない人々に埋め尽くされたデモ隊という集団のなかで、それでも「無援」という孤の意識が岸上を去ることはない。それ故いっそうその「無援」は、「ひとりへの愛(を)うつくしくする」と詠うのである。まさに「恋と革命」が美しい融合を成し遂げ、六〇年代の青春の愛誦歌として知られることになった。六〇年という年は、岸上がもっとも輝いた年であったのかもしれない。短歌総合誌などでも注目され、急かされるように文章を書いたり、座談会に出席したりしていたが、その年の一二月、「ぼくのためのノート」を残して、忽然と、自ら命を断ってしまった。

清原日出夫は、『流氷の季』という歌集名からも明らかなように、北海道中標津《なかしべつ》町の生まれである。五八年、京都の立命館大学の学生となったが、入学してから「立命短歌」「塔」に入会し、高安国世に師事した。反安保の闘争が激化するに伴い、連日のデモにも参加してゆく。当時、京都では立命館大学と京都大学の学生がもっとも先鋭にこの闘争に参加していた。デモの列のなかから生まれた清原の歌は、岸上とは対照的に、自己の思想表現を厳しく抑えつつ、客観的に社会の動きを詠むといった作風が際立ち、東の岸上、西の清原と称された。

京都でのデモは、京都大学からまず立命館大学の広小路キャンパスまで、そこで二大学が合流して、河原町通りを四条まで下り、八坂神社の裏手にある円山公園まで行って解散というのが普通のコースだった。そのデモにポリスカー（この表現ももはや古いと感じられるが）が執拗についてくる。デモは時おり、渦巻きデモやジグザグデモを繰りかえし、そして道いっぱいに広がってフランスデモになったりもするのだが、そんな時いちはやく警官が制止に入る。ポリスカーの中では、そんなデモの様子を逐一本部に報告しているのであろう。ここではいっさいの感情を交えず、車の薄闇のなかに「無電に話す口」が見えたことだけが詠われる。おそらく顔の表情などは見えてはいない。見えているのは口だけだが、その口が連絡を取っている向こうに、作者は、たしかに国家権力の存在を見透しているのである。

あくまで現場のディテールに拘って歌を作った清原には、「不意に優しく警官がビラを求め来ぬその白き手袋をはめし大き掌《て》」「ジグザグのさなかに脱げし少女の靴底向けて小さし警官の前」などの作品もある。一首目では、権力の側の存在であるはずの警官が、デモの学生に親しげな表情を見せることもあったことを詠む。自分たちと地続きの存在として警官への親しみを感じているのである。二首目は逆に警官という大きな存在の前に、脱げた少女の靴があまりにもはかなげで小さいことに胸を衝かれたという歌である。デモや闘争というものを、頭で規定してしまわずに、あくまで現場で自分が何を見るかというところに、社会詠と言われるこのような歌を作ることの意味があるのだと私には思われる。社会詠とはスローガンを詠うことではなく、民衆が、そして民衆の一人である自分が、どのように社会に関わっているかを現場から詠うことに意味がある。

ここよりは先へゆけないぼくのため左折してゆけ省線電車

福島泰樹《ふくしまやすき》『バリケード・一九六六年二月』（昭44、新星書房）

ガス弾の匂い残れる黒髪を洗い梳かして君に逢いゆく

道浦母都子《みちうらもとこ》『無援《むえん》の抒情』（昭55、雁書館）

岸上大作・清原日出夫が活躍した六〇年安保闘争から一〇年、七〇年安保闘争の時にも、二人の代表的な学生歌人が注目された。福島泰樹と道浦母都子である。六〇年に成立した日米安全保障条約が、七〇年で自動延長を迎えるにあたり再びその延長を阻止しようとする運動が全国に展開された。しかしこのうねりは六〇年安保闘争とは大きくその様相を変えていた。条約自体は自動延長ということもあり、むしろそれ以外の大きな社会問題、特に沖縄返還運動、米軍によるベトナムへの侵攻に反対する反戦運動、成田空港開設反対運動などの色彩の強いものであった。それに加えて、早稲田、慶応、東大などの大学の、学費値上げ反対、大学改革を標榜する運動から始まった全共闘運動が連動し、学園闘争の時代に入っていった。全学連が大きく学生を束ねていた六〇年とは異なり、学生運動も多くのセクトに分かれ、互いに抗争するようにもなった。ゲバ棒にヘルメットというスタイルが定着し、武装闘争が激しくなるとともに、次第に一般民衆の動きから遊離していくこととともなった。

福島泰樹はもっとも鮮烈に七〇年学園闘争を詠った歌人である。早稲田大学の学生であった福島は、六六年に授業料値上げ反対闘争に参加し、歌集名のごとく、構内に築いたバリケードに立て籠もって機動隊に対峙していた。その頃の歌である。岸上大作が個人の内部で「恋と革命のロマンチシズム」を構築していたのに対して、福島は外へ言葉を飛ばせることによって、「連帯」への熱いメッセージを発し続けた。「連帯」という言葉が、まだかすかな希願として信じられていた時代である。

この先はもう行き止まりであることはわかっている。しかし、その行き止まりを突き破る力を得るための自己励起のような形で、福島泰樹には作歌があったのかもしれない。「ここよりは先へゆけないぼく」を確かに認識し、しかしその「ぼく」が目の前の壁を突き破るために、ぼくを乗せて「左折してゆけ省線電車」と呼びかけるのである。「左折」には当然「左翼」という場合の「左」、すなわち「革新」という意味が含まれていよう。「右折」であってはならないのである。若い学生である福島にあって、「省線電車」などという明治時代の呼び名が出てくるところがおもしろいが、彼が江戸っ子であることにもかかわっていよう。

個人的には、

その日からきみあたらぬ仏文の　二月の花といえヒヤシンス
二日酔いの無念極まるぼくのためもっと電車よ　まじめに走れ

などの歌も好きである。バリケードのなかでの淡い恋。まさに「恋と革命」が若い心を衝き動かしている風であり、「仏文の」でいったん切れて、「二月の花といえヒヤシンス」と、ヒヤシンスにその女性のイメージを重ねようとするかのような切実さは、当時の私たちを涙ぐましい思いにしたものだ。そして、当然のように革命も恋も挫折する。「無念極まる」私が二日酔いのまま乗っている電車。それに、「もっと電車よまじめに走れ」と八つ当たりしているのである。そんなあられもなさのなかにこそ、敗れるということのロマンを共有していた時代でもあった。

道浦母都子も、同じ早稲田大学で七〇年安保闘争に遭遇し、全共闘運動に飛び込んだ女性であった。女性として、闘争を正面から詠んだ歌人は、おそらくはじめてのことであろう。歌集『無援の抒情』は歌壇という枠を越えて、同世代の大きな共感を得た。

道浦のこの一首においても、デモ、闘争といった使命と意識された行動が、そのまま個人の青春性に結びついていることが率直に表現されている。デモに行って、催涙ガスの噴射を受ける。その匂いをまず洗い落として、君に逢いにゆくというのである。精一杯の緊張感のなかで、女性性を封じつつ闘争に参加していた自分を、いったん解き放って、素のままの自分にかえる。そんな素直でナイーヴな心でこそ恋人に逢いたいと思う心からは、論理としての革新性とは裏腹に、古典的な素直な乙女ごころという性格を読み取ることができよう。おそらく道浦にとっては、そのような自らの女性性に気づくことは口惜しいことであったに違いない。そうは思いつつも、いそいそと髪を洗って逢いに行くところに、精神の安らぎをもまた見いだしていたのだろう。青春も恋も、つねにアンビバレンツ(二律背反)のなかにこそ真実がある。

福島も道浦も、そしてまた岸上も清原も、当然のこととして社会の矛盾に対する闘争をしていたことは間違いない。しかし、その闘争の記録は、またまぎれもなく彼ら自身の青春の記録でもあったのである。

居合はせし居合はせざりしことつひに天運にして居合はせし人よ

竹山《たけやま》　広《ひろし》『千日千夜』（平11、ながらみ書房）

ある事件が起こる。災害に見舞われる。犠牲者が多数でる。死ぬ必要も、必然もまったくなかった人々が、たまたまそこに居合わせたというだけで、事件や災害に巻き込まれ、命を落とす。なんという不条理なと嘆くが、人の命というものは、そんな風にして決まってゆくものかもしれない。あの電車に乗ってさえいなければ、その場所に行ってさえいなければ。竹山広のこの一首は、そんな偶然こそが人の生死を分けるのだという事実を詠って、さながら箴言《しんげん》のような響きがある。ここに詠われたのは、平成七年（一九九五）一月一七日未明に京阪神を襲った、阪神・淡路大震災である。

竹山の一首は、まさにその通りだと頷かせるだけの説得力をもっているが、それが殊更深い感慨をもって読者に受け容れられるのは、もう一つの竹山広の個人史があるからである。竹山広は、昭和二〇年八月九日、長崎で原爆に遭遇したのである。被爆し、全身が焼けただれた兄を救護所まで苦労して運び込むも、兄はそこで息絶える。そんななまなましい歌が、竹山広の作歌の初めにあった。しかも、それを詠い得るようになるまでに、竹山広のなかでは二五年もの沈黙の時間が過ぎていたのだと言う。その体験が、そして衝撃がいかに凄まじいものであったかを推しはかるべきであろう。

人に語ることならねども混葬の火中にひらきゆきしてのひら　　『とこしへの川』

人々がまとめて火葬される。そのなかに、竹山広は、ひとりの死者のてのひらが静かに開いてゆくのを見た。このような景の記憶が、この歌人の意志的な長い沈黙のなかにひっそりと生き続けたのである。生涯にわたって生き続けたと言うべきであろう。それは竹山広という存在そのものに貼りついて、剝がしようのない記憶となり、時間となった。

事件は風化しやすい。そして、それを形式として再現する形で、毎年の原爆記念日の式典が挙行される。原爆記念日だけでなく、すべての形式だけを整えたような行事に対する竹山広の視線は容赦ない。

一分ときめてぬか俯す黙禱の「終り」といへばみな終るなり　　『千日千夜』

いっせいに黙禱をするが、一分経って「終り」の声が聞こえると、みないっせいに顔を上げる。それは一分の黙禱という形式にしたがっているだけで、誰ひとり、その黙禱のなかにいまに続く悲しみを嚙みしめているような人がいないのが、作者には口惜しく、寂しい。竹山は時にこのような虚を衝くような真実を平然と口にする怖ろしい歌人であった。

死ぬ側に選ばれざりし身は立ちてボトルの水を喉に流し込む

佐藤通雅《さとうみちまさ》『昔話《むがすこ》』(平25、いりの舎)

阪神・淡路大震災から一六年後、平成二三年(二〇一一)三月一一日、東日本大震災が起こった。その記憶はあまりにもなまなましく、特に津波がひたひたと東北の地を舐めてゆく映像は、リアルタイムで放映されただけに、多くの人々が言葉を失った。死者の数も、未曽有の多さであり、現実を目の当たりにしながら、それが本当だとは信じられないというのが、テレビを通じて見ることになった多くの人々の実感であっただろう。さらに原発事故が追い打ちをかけ、今もその被害からの救済は、ほとんど進んでいないというのが現実である。

佐藤通雅は仙台市に住んでいる。津波の直接の被害はなかったが、その震災に遭遇した日からの生活は一変した。ライフラインの喪失のなかで、「このいまを、ことばにしておかなければ」と思ったと歌集の覚書に記す。ここでも、自分は「死ぬ側に選ばれ」なかったのだという思いが重く作者を支配する。それは安堵でもあっただろうが、いっぽうで「死ぬ側」に選ばれた人々を思うことでもあるだろう。それを幸運と言っていいのか、そんな複雑な思いを抱きながら、生きている身は、とにかくいまここにある「ボトルの水を喉に流し込む」だけだというのである。第三句「身は立ちて」に、立つことのできることを喜ぶ思いとともに、立つことのついにできず逝ってしまった人々への思いも籠もっていよう。

このような社会に起こった出来事、事件や災害を、歌に詠むことにどのような意味があるのだろう。それらは「機会詠」という言葉で呼ばれることが多い。私は機会詠というものは、できるだけ作り、残すのがいいと思う者である。さまざまな出来事が社会では起こっている。重要なものは記録として後世に伝えられ、それが歴史を構成する。しかし、そこで唯一抜けていくものは、現場に居合わせた庶民の感情、その事件や災害をどのように受け止めたかという現場の感情である。これは記録としてほとんど残らないと言わざるを得ない。後になってルポルタージュやドキュメンタリーとして、一部の人々の感情が再現、再構成されることはあっても、その場に居てリアルタイムでどう感じたのかは、きわめて残りにくいものである。短歌は、短く、かつ自己の感情を表現するのにもっとも適した表現形式である。その特性を活かして、多くの人々が、自分が何を感じたかを五句三十一音に残すことの大切さを思う。それらの総体として、歴史上の事件や災害を、一般の庶民がどのように受け止め、受容していたかが残っていくと思うからである。それが庶民の感性の総体であり、それは歴史書と言われるものの中で、唯一残しづらいものなのである。機会詠と言われる作品の価値を大切にしておきたいと思う。

毒入りのコーラを都市の夜に置きしそのしなやかな指を思えり

谷岡《たにおか》亜紀《あき》『臨界』（平5、雁書館）

不気味な歌である。毒入りのコーラを「都市の夜」に置く手がある。駅のベンチか、あるいはコンビニの商品棚の上か。どのようにも恐ろしい空想は広げることができるが、この一首が不気味なのは、空想のリアリティだけではなく、空想が単なる空想では終わらない都市の現実にある。

一九七〇年代に世間を震撼させた青酸入りコーラ事件、八〇年代に入って、農薬のパラコートを混入したジュースやコーラなどの事件。当時、自動販売機が普及するとともに、コーラなども壜入りのものが売られていたが、これらは、いったん開栓してもう一度栓を閉じてもわかりにくかった。自動販売機のなかに取り忘れたようにして置かれていたコーラなどを飲んで死亡するという事件が何度も起こった。まさに悪意のなせる業である。無差別殺人であるばかりか、意味のない殺人であり、犯人は、自分のトリックにひっかかる犠牲者の出るのを喜んでいたに違いなく、陰湿で、悪意の原形質をまざまざと見せつけるような犯罪であった。そのような犯罪が浸透している都市という生活空間が谷岡亜紀の作歌のモチーフであった。

第一歌集『臨界』は、谷岡による都市論とも読める歌集であったが、あとがきにあたる「『臨界』ノート」で、谷岡自身が「不吉な混沌の中にあるわれわれの「現在」」と言っている。谷岡の歌集『臨界』が出版されてまもなく、実際にその「しなやかな指」の引き起こした衝撃的な犯罪は、地下鉄サリン事件として記憶されることとなった。谷岡自身にその予感といったものはなかったものと思われるが、誰もが漠然と怖れているそのような無差別殺人の恐怖を否応なく抱え込んだ存在が「都市」であると、谷岡は主張したかったのかもしれない。

谷岡亜紀は、二〇代でひとりタイ・インドへの放浪の旅に出ている。第一回のその旅は、四カ月にもわたったという。谷岡は、その後もなんどもなんども海外への旅を続けている。それはヨーロッパやアメリカの有名な観光スポットではなく、ほとんどがアジア、それもいわゆるスラム街に近い場を経めぐる旅なのである。たとえアメリカに行っても、谷岡はマンハッタンの中華街をその拠点として徘徊する。そんな場で出会った底辺にうごめく民衆とともに生活をしつつ、日本に帰ってくる。そのような大胆で危険を伴う旅を、谷岡に繰りかえさせる駆動力は何だったのだろう。

都市は谷岡にとって、顔を持たず、誰のものとも知れない指が毒入りのコーラをそっと片隅に置くような生活空間。いっぽうで、インドや香港、ベトナムなどのスラムにあるのは、いわば〈猥雑さのなかの聖性〉とでもいったものであろうか。そこには貧困のなかに人々の生活がある。生活をしている人々の表情が見える。東京という都市のなかでは見えない生活者の表情にであうのが、谷岡におけるアジアへの旅の意味であるのかもしれない。

第七章　旅

——ひまはりのアンダルシアはとほけれど

佐藤佐太郎

永井陽子

安永蕗子

岡部桂一郎

冬山の青岸渡寺《せいがんとじ》の庭にいでて風にかたむく那智の滝みゆ

佐藤佐太郎《さとうさたろう》『形影』（昭45、短歌研究社）

昭和四三年（一九六八）二月、佐藤佐太郎は那智山青岸渡寺を訪れた。青岸渡寺は西国三三カ所第一番札所。寺の背後に那智の滝が落ちていることで有名である。滝の高さは一三三メートル。一段の滝としてはわが国随一の滝であるが、何よりその優美な姿が見るものを感嘆させる。

「冬山の」と詠いはじめているので、青葉の茂った生気旺盛な山ではなく、枯れ色の山容を目に浮かべるべきだろう。青岸渡寺に来て、その庭に出てきたのである。その佐太郎の目に、白いひとすじの滝の落ちるのが見える。滝の水量も少なく、落差の大きな細いひとすじの滝は、折りからの風に吹かれて傾いているように見えたのだ。景が大きく、それとともにしらべが雄大である。佐太郎の代表作の一首とみなが認める歌でもある。

この一首、よく見ると文にねじれがある。それを高野公彦は次のように指摘する。

「正しく言ふなら「庭にいでて……滝みつ」もしくは「庭に出れば……滝みゆ」だらう。しかし正しい言ひ方にすると、この歌の魅力は失はれる。つまり、ねぢれは詩的に有効に働いてゐるのだ。」(高野公彦『うたの前線』)

確かにその通りであり、文の構造のねじれが、歌の膨らみとなっているように感じられる。

そこを今西幹二は、

「上句の悠揚とした調べは風景を貪るのではなく、滝を見るためともなく庭に出たところ、滝の全容がおのずからに見えたというのである。そこに、「庭にいでて(見る)」ではなく「見ゆ」と受けた所以がある。」(『日本名歌集成』)

と説明する。つまり「庭に出て見る」という意志的な行動ではなく、なんとなく庭に出てみたら、そこに滝が見えた、という感じであり、その受動性がいいと言う。どちらも頷ける鑑賞である。後に佐太郎自身が、高青邱に「高風揺飛泉」(高風飛泉を揺るがす)という詩句があったのに気づいたと述べているが、佐太郎は漢詩をよくし、他にも漢詩的な表現がみられる。

佐藤佐太郎は斎藤茂吉の弟子であり、写生を自らの作歌のもっとも根幹に据えて作り続けた歌人である。「純粋短歌」という言挙げもあったが、字余り字足らずなども認めず、純粋に定型を守るべきだという立場を貫いた歌人である。個人的には、私は佐太郎は近代の、あるいは現代のどの歌人よりも、歌の生理をわかっていた歌人だと思っている。そして秀歌が多い。歌壇の風潮や流行に流されることなく、ただひとすじに己れの信じる道を進んだ歌人という印象が強い。そして、その対象を切り取る視線の鋭さ、切れ味は他の追随を許さないものがある。

あぢさゐの藍《あゐ》のつゆけき花ありぬぬばたまの夜あかねさす昼　『帰潮』
秋分の日の電車にて床《ゆか》にさす光もともに運ばれて行く
夕光《ゆふかげ》のなかにまぶしく花みちてしだれ桜は輝《かがやき》を垂る　『形影』

私は佐太郎の短歌が好きである。もっと挙げたい気がするが、いずれも佐太郎の代表歌。一首目では枕詞の使い方が際立っていよう。二首目では下句「光もともに運ばれて行く」がすぐに目につくが、実は上句「秋分の日の電車にて」という何気ない、時間の特定が下句を際立たせているのである。三首目は京都二条城のしだれ桜を詠ったものであるが、結句「輝を垂る」がすばらしい。普通なら「輝きてをり」と収めそうなところであるが、それをしだれ桜が、輝きを「垂る」のだと能動的に言いきったところに非凡さがある。この歌については、後日作者は、李白に「輝きを垂れて千春に映ず」という詩句があることを知ることになったが、それは偶然の一致、この輝きは佐太郎自身が発見した輝きであったことは間違いない。

月と日と二つうかべる山国の道に手触れしコスモスの花

岡部《おかべ》桂一郎《けいいちろう》『戸塚閑吟集』（昭63、不識書院）

岡部桂一郎はまことに不思議な作家である。歌の表現にわかりにくいところはまったくないが、歌の良さを説明しようとするとハタと困ってしまい言葉を失う。たとえばこの一首、意味としては、空には日と月が両方浮かんでいる、そんな山国の道に、コスモスが咲いていてそれに手を触れた、と、ただそれだけのことである。しかし、この一首をゆっくり読み下すとき、読者は一挙にどこか別次元の静謐さのなかに拉致されてしまうような気がする。意味がわかったあとに、目の前に深く底の見えないクレバスが急に割れ目を見せるような、不思議な宙吊り感覚に襲われる。そんな強い磁場をもって私たちを拉致してしまう作家である。

戦中派世代に属する作家であり、戦後「一路」を退会してからは、結社誌に拠ることはなく、山崎方代や玉城徹らとともにつぎつぎに同人誌を創刊し、歌壇とは一線を画したところで仕事をしてきた歌人であった。寡作であり、長い作歌生活のなかで歌集は六冊に過ぎない。孤高の作家と呼ばれることが多い。それは歌人たちと群れあうことを嫌ったこともあるが、いっぽうで彼の歌に惹かれつつ、誰もがその惹かれる理由をうまく言葉で説明できないというところにあったかもしれない。事実、長い歌歴のなかで、迢空賞をはじめとして、読売文学賞、詩歌文学館賞など歌壇内外の大きな賞が彼に与えられたのは、歌集『一点鐘』以降、岡部が八七歳を越えてからのことであった。その意味では不遇の作家であったとも言えるが、岡部に私淑している歌人は、若い世代にも多い。

岩国の一膳飯屋の扇風器まわりておるかわれは行かぬを　『戸塚閑吟集』

大正のマッチのラベルかなしいぞ球に乗る象日の丸をもつ　『一点鐘』

行く先の町の名灯るバス過ぎてここは丹後の夕暮となる

たとえばこのような歌をあげてみよう。一首目は、かつて行ったことがある岩国の一膳飯屋、そのとき扇風機がまわっていたのだろう。その扇風機はいまもあの時のようにまわっているだろうか、と、言っていることはただそれだけである。それで何がおもしろいのかと聞かれれば、ちょっと困る。しかし、一膳飯屋のたたずまいと古そうな扇風機も含めて、その懐かしさはくっきりとした存在感となって私たち読者に手渡される。

二首目はレトロなマッチのラベルの歌である。確かにそんな図柄のマッチがあったような気がする。象が日の丸を鼻に巻いて掲げていたような気もする。懐かしい。しかし、なぜ「かなしいぞ」と思うのか。三首目はもっと不思議かもしれない。夕暮れのバス停でバスを待っている。旅先である。向うからバスがやってきて、当然バスの前には行き先表示があり、それに灯がともっている。そのバスが行き過ぎたあと、急に「ここは」すなわちその場所は、「丹後の夕暮と」なったと言うのである。

これらは歌を意味でとっては味わえない歌である。自ら歌を作らない国文学者や小説家は、往々にして歌を意味で解釈し、それでわかったような気になっている風に見える。もちろん歌を作らない一般の人々も然りである。歌は意味が通っていることも大切だが、意味だけで終ってしまっては、詩としての味わいも、奥行きも、幅もすべて失われてしまうものだ。意味は考えるが、大切なのは意味がわかったあと、どれだけその歌が、作者と読者のあいだの懸隔の深さをあらわにしてくれるか、その間に横たわる謎を提供してくれるか、つまり作者が述べた意味以上に、どれだけ読者がその一首に参加できるかが、本当は歌を味わい、鑑賞するためには もっとも大切なことなのである。「〈意味読み〉をしない」ということを、短歌の鑑賞では心がけたいものである。

薄明の西安街区抜けてゆく奥のかまどに粥煮ゆる頃

安永蕗子《やすながふきこ》『冬麗』(平2、砂子屋書房)

私がアメリカに留学したのは昭和五九年(一九八四)のことであったが、その頃はまだ外国というのは遠い存在であった。簡単に行けるものではなかったし、費用も高かった。私は二年間ワシントンDCに近いベセスダという小さな町に滞在し、国立衛生研究所のなかの国立がん研究所という施設で研究をすることになった。いったん行ってしまえば、途中で一時帰国するなどということは考えられないことであった。斎藤茂吉のヨーロッパ留学(当時は洋行と言った)の際には、「アララギ」の主要歌人が集まって壮行会(壮行歌会)を催したことが記録に残っているが、実は私たち家族が旅立つ時にも、北海道や九州からも、世代を越えて、数十名もの歌人たちが集まって、送別会をしてくれたのである。たぶん歌人が外国へ行くというので送別会(壮行会)が催された最後の例だと思っている。そのくらい外国というハードルは高かった。

しかし、現在、年間一千万人を超える人たちが、観光のため、ビジネスのため、あるいは勉強のため外国へ出てゆく時代になった。隔世の感があると言うべきだが、当然のこととして外国への旅行詠が多く作られるようになる。

安永蕗子は上海から西安、新疆《しんきょう》ウイグル自治区などをまわる旅をし、その時の歌として、歌集『冬麗』のなかに一〇〇首ほどの歌を残している。一度の外国旅行としては、相当に力の入った連作である。昭和六三年秋のことだというから、安永六八歳の旅行である。団体旅行とはいえ、年齢と病弱であった体質を考えれば思いきった旅行であったのかもしれない。

朝早く西安の街を抜けてゆく。もうこんな時刻から人々は働きはじめていて、家々の奥からは、粥を煮る匂いが漂っているのだろう。バスで抜けてゆくのかもしれないが、匂いが感じられ、家の奥に関心が向かっているところから、歩いているときの歌だと思っておきたい。こんなに早くから日常生活をはじめている西安の人々。そこに人々の暮らしの逞しさをいやでも見せつけられるような思いだったのだろうか。海外旅行のもっとも大きな興味と喜びは、そこに暮らしている人々の生活に触れることである。どんな名所旧跡より、それがおもしろい。

彼の日彼が指し黄河を訪ひ得たり戦《いくさ》なき世のエアコンバスにて

宮《みや》　英子《ひでこ》『幕間《まくあい》―アントラクト』(平7、石川書房)

湧き上がりあるいは沈みオーロラの赤光《しやくくわう》緑光《りよくくわう》闇に音なし

秋葉《あきば》四郎《しろう》『極光《オーロラ》』(平1、短歌新聞社)

宮英子の歌も中国を旅したときのものであるが、この旅行は単なる観光とはまったく違った意味をもつものであった。宮英子は第六章で触れた宮柊二の妻である。宮柊二は昭和六一年(一九八六)に亡くなった。その二年後の六三年、英子は山西省を訪ねたのである。この旅は「山西省柊二の旅」と呼ばれることになった。「コスモス」短歌会の仲間とともになされた旅は、山西省で戦った宮柊二の跡を訪ねるという意味合いを持っていたのである。英子にとっては夫が命のぎりぎりのところで戦った跡を訪ね、確認しておきたいという旅であり、他の会員にとっては師の歌の、いわば歌枕を訪ねるといった意味もあったであろう。六三年を第一回として、平成一二年(二〇〇〇)まで、毎年のように、八回にわたって行われた。

宮柊二が文字通り死と膚接した戦いを繰り広げていた地、そして黄河。その場所に、いま自分たちは何の危険もなく安全にやってきた。「エアコンバスにて」などという俗語を敢えて用いたのは、こんな安易な旅を、柊二に対して申し訳ないという思いが当然あっただろう。この一首の前には、「咽喉より血をば喀きつつ戦ひて指しし黄河ぞ光りつつ下る」という柊二の歌が配されている。この一首を置いただけで、すでに宮英子の心のありようが透けて見えるようでもある。このような心せまる旅の形、巡礼としての旅の形もあるのである。

秋葉四郎は旅行詠のきわめて多い歌人のひとりである。国内も多いが外国への旅行も多い。アメリカ、ヨーロッパだけでなく、東南アジア、オーストラリアなどさまざまである。なかで、掲出の一首は、厳冬のアラスカへの旅である。何が秋葉四郎をして、そのような思い切った旅に駆り立てたか、それは師の佐藤佐太郎への思いからであった。盟友であった宮柊二が没した翌年、佐藤佐太郎も亡くなった。師への思いを断ちがたく、秋葉は同志を誘って、厳冬のアラスカへ発つ。「オーロラが何月何日に必ず見られるといふ期待があれば、アラスカへでも何処へでも行く」という佐太郎の言葉があったからである。師がそれほどまでに見たかったオーロラを、師に代わって見ようと行動を起こす、これもまた故人を偲ぶひとつの行動だったのである。

執念が実ってか、運よくオーロラに遭遇した折りの歌が掲出歌である。音もなく繰り広げられる光のページェント。私はまだ実物を見たことはないのだが、その興奮が伝わってくるような一首である。そして、この一首のなかには秋葉の秘かな思い入れも挿入されている。「赤光緑光」である。確かにオーロラは赤や緑の光が水に流した染料のように空中を流れるのだろう。その意味ではこの一首は情景描写の歌、写生の歌であると言えよう。しかし、その上で秋葉の意識には、斎藤茂吉の『赤光』がかすかに揺曳していたはずである。佐太郎の師が茂吉なのであった。秋葉は言ってみれば孫弟子である。師を思いつつ、師に代わってオーロラをいま目の当たりにするとき、おのずから茂吉の『赤光』が意識をよぎったのであろう。師系という意識を今なお強く持っている歌人が秋葉四郎である。

ひまはりのアンダルシアはとほけれどとほけれどアンダルシアのひまはり

永井《ながい》陽子《ようこ》『モーツァルトの電話帳』(平5、河出書房新社)

永井陽子はスペインに行ったことはない。長く憧れつづけた地であったのだろう。この一首の、なによりも大きな特徴は、つきつめられた単純性にあると思われる。上句の「ひまはりのアンダルシアはとほけれど」と、下句「とほけれどアンダルシアのひまはり」は、見事なまでに鏡像の関係にある。同じことを順序を反転させて繰りかえしたのである。意味する「内容」としては、上句だけで、あるいは下句だけで尽きている。繰りかえしたからといって、それで情報量が増えているわけでは決してないのだ。

しかし、第三句と第四句に繰りかえされる「とほけれど」。じつはこの一首のおもしろさは、あるいは切実なかなしさは、まさにこの二つの「とほけれど」にかかっていると言ってもいいのである。この二つの「とほけれど」のニュアンスの違いを読み取らなければ、この一首を十分に鑑賞したとは言えない。

永井陽子は、アンダルシアの向日葵《ひまわり》をいつかどうしても見たいと願っている。しかし、現実にそれはかなわない。最初の「とほけれど」は、その地が遠すぎることに納得しつつ、なお諦めきれないという呟きの「とほけれど」である。そしてそれが第四句でもう一度繰りかえされるとき、その「とほけれど」は、いくら遠くても、それでも私はどうしても、という切迫した響きを帯びた「とほけれど」となるのである。どんなに遠くても、それでも私はどうしても見たい。そんなつきつめた思いが、上句と下句でまったく同じことを心のなかで往還させるように繰りかえすことで伝えている歌である。無理か、いやそれでも、と心のなかで思いを鏡に向かって問いかけているのである。鏡像的な措辞がそんな呟きのキャッチボールをさりげなく伝えているとも言えるだろう。

ゆふぐれに櫛をひろへりゆふぐれの櫛はわたしにひろはれしのみ　『なよたけ拾遺』

永井陽子の初期の歌に、こんな歌もある。「ひまはり」の歌とその構造がとてもよく似ている。この一首にあっても、意味内容は極限に近いまでに削られている。情報量としてはきわめて少ない。「ゆふぐれの櫛」を拾ったというそれだけの内容である。上句では、その行為を順接に表現し、下句ではそれを今度は拾われた櫛の側から叙述しているのがこの一首の構造である。櫛を拾った、その櫛は私に拾われた、ただそれだけであることよ、と、一首はそのことだけを伝えている。不思議にしんとした沈黙の空間がそこに現出するのを感じないだろうか。私に拾われた櫛の寂しさとでもいったものが、ほのかに伝わってくる気がする。

永井陽子の歌には、天性の言語感覚とでもいったものがあり、また歌から〈私性〉がほとんど完璧なまでに払拭されているのが、現代短歌のなかでも異色である。歌は、多くの場合、いかに過不足なく自らの思いを言い遂《おお》せるかに表現の比重がかかりがちである。しかし、一見逆説めいて聞こえるかもしれないが、永井陽子の場合、いかに三十一音のなかで「言わないで表現できるか」というところに賭けていたようなところがある。

永井陽子は四八歳のとき、突如、自ら命を絶ってしまった。結婚することもなく、およそこの世の埃《ほこり》や濁りというものから無縁なままに、年齢とは無関係に少女のような面影を残して逝ってしまった。彼女の自殺の知らせを受けたとき、それはもちろん大きな驚きであったが、いっぽうで、それが「なぜ死んだのか」という大きな問として思い浮かばなかったのは、私たちがそれまでの彼女の歌にある、しんとした寂しさ、どう救いようもない孤独の影を強く受け止めていたからだろうと思う。

ここに来てゐることを知る者もなし雨の赤穂にはとり三羽
『小さなヴァイオリンが欲しくて』

死ぬまへに留守番電話にするべしとなにゆゑおもふ雨の降る夜は

父を見送り母を見送りこの世にはだあれもゐないながき夏至の日

どれも寂しい歌である。たったひとりという思いの強い歌でもある。赤穂の歌は、切実だ。家族のいない永井は、いま思い立って赤穂にやってきた。自分が「ここに来てゐることを知る者」は、この世に誰も居ないのだという孤独。そんな圧倒的な寂しさのなかで、早くから自らが死ぬ日のことを思い続けてきたのだろうと今からは思われる。人間は、たった一人でいいから、自分のことを見ていてくれる人がありさえすれば、それだけで生きてゆけるものである。永井陽子の歌に注目していた仲間は多くあったはずだが、それを実感できないままに独りの思いのなかに逝ってしまったことを、寂しく思わないではいられない。

帰りたきいろこのみやの大阪やゆきかふものはみなゑらぐなり

池田《いけだ》はるみ『妣《ハハ》が国　大阪』(平9、本阿弥書店)

大阪で育った池田はるみにとって、大阪は旅に出る場所というよりは、帰る場所であった。故郷という音の響きは、大都市大阪には似合わないような気もするが、池田はるみの歌集名が『妣が国　大阪』であることからもわかるように、大阪は紛れもなく池田にとっては「帰りたき」場所なのである。

「いろこのみや」の「いろこ」は鱗《うろこ》。『古事記』に「海幸彦と山幸彦」の物語がある。兄の海幸彦から釣針(鉤)を借りた山幸彦は、それを海に失ってしまう。謝るが、兄は鉤を返せと頑として迫る。困って海辺で泣いていると、塩椎神《しおつちのかみ》という老人が現われ山幸彦を助けるのである。舟に山幸彦を乗せ、海へ押し出して、「乃ち其の道に乗りて往《い》でまさば、魚鱗《いろこ》の如《ごと》く造れる宮《み》室《や》、それ綿津見神《わたつみのかみ》の宮ぞ」と教える。山幸彦がその門の前の桂(香木)の木に登って待っていると、そこで海神の娘、豊玉毘売《とよたまびめ》に出会うのである。よく知られた物語であるが、ただちに「わだつみのいろこの宮」という青木繁の絵を思いだす人もあるだろう。池田の一首においては、「いろこのみやの」が枕詞のように大阪に被せられているところがおもしろい。これはもちろん枕詞ではないが、大阪は別名難波《なにわ》とも言うように、古来、津の町、すなわち海に直結した町でもあった。そんな水のイメージが「いろこのみやの大阪」という表現を生みだしたのであろう。

大阪に帰ってみると、そこに行き交う人々はみんな「ゑらぐなり」というのである。「ゑらぐ」は広辞苑にも載っていないが、金魚などが口をぱくぱくあけて、水面で呼吸しているさまに近いだろうか。みんな忙しそうに、しかも暑く、窮屈そうに汗をかきかき道を歩いている。

そんなイメージとして大阪が回想されている。「いろこのみや」という美しい響きと反対の、俗っぽい人々の往来をイメージするところに池田はるみの作歌姿勢も感じられるだろう。池田はるみは、美しいものをそのまま詠うことを恥しいと思う類の作家である。恥しいものからは身を躱《かわ》すように詠う。スポーツでもテニスなどではなく、相撲が好きなのである。『お相撲さん』という著書もあるほどであり、女性としては珍しいだろう。

死ぬ母に死んだらあかんと言はなんだ氷雨が降ればしんしんしん思ふ　『ガーゼ』

「妣が国」の大阪を愛する池田には、このような大阪弁を使って、しみじみと悲しい一首もあるのである。

砂渚あゆみ来たれば波しづけしをなみさなみといふ古語のごと

柏崎驍二《かしわざききょうじ》『四十雀日記』(平17、柊書房)

「砂渚」は柏崎驍二の造語であろう。砂浜がどこまでも続いている渚ほどの意味に取っておく。どの浜であるのかは、歌集を読んでいてもわからないが、どこか旅に出て歩いているような気がする。それは、日常生活から離れて、ある種の〈非日常〉にあるとき、なぜかある特定の言葉に対して特に親しみを感じたりすることがあるからだ。波を見ながら歩いているとき、「をなみ」「さなみ」などという言葉が不意に思われた。男波は高低のある波のうち高いほうの波だという。それに対する語は「女波《めなみ》」、低いほうの波である。「さなみ」は「細波《さなみ》」、さざなみのことである。さざなみと言えば日常普通に使う言葉だが、「さなみ」にはどこか繊細な優雅さがある。「をなみめなみ」と対になった言葉を続けず、「をなみさなみ」と少しずれた二つの波の古語を配したところが技巧であるとも言えよう。

私が柏崎驍二の作品に注目するようになったのは、そう古いことではない。名前は以前からよく知っていたし、「コスモス」短歌会に所属し、高野公彦、奥村晃作らと「桟橋」という結社内グループを作って、地道な作歌活動を行っているというほどの知識はあった。柏崎の作品に触れたと思える最初の歌集は『四十雀日記』である。地道な、と言ったが、歌に性格が現われると言えば、それは柏崎にこそ当てはまるだろうと思わせるような作風であった。読者をうならせるような発見や、涙を誘うようなドラマがあるわけではなく、誰もが普通に目にするような景を淡々と詠い取る。そのように詠われることによって、何でもない景が〈意味〉を獲得する。歌詠みとして、もっともそうありたいと思うような作歌姿勢がそこにある。そんなことを納得させてくれる作風であった。技巧派とも言えるだろうが、決して技巧が自己主張することはない。

この世より滅びてゆかむ蜩《かなかな》が最後の〈かな〉を鳴くときあらむ　『月白《つきしろ》』

空晴れし日なれどここの山陰は道濡るるゆゑ落葉も濡るる

漆の木に漆を採りし掻き傷の黒々として山に日の照る　『四十雀日記』

こういう歌に感想を言うのはとてもむずかしい。それは詠われているコトが単純でわかりやすいということではなく、意味はきわめて明瞭ながら、その〈意味〉が完結したあとに、その景をまえにした作者を包んだであろう思いが、茫漠として形を持たないままに読者のなかに浸み込むように入ってくるからなのである。作者はこういう感動をもって詠ったのだなどとはっきり言えないところに、これらの歌の価値はあろう。たぶん、作者自身も何を詠いたかったのか、はっきりとはわかっていないのだ。

第八章 四季・自然——かなしみは明るさゆゑにきたりけり

山中智恵子

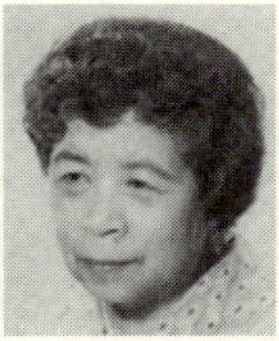
真鍋美恵子

前登志夫

前川佐美雄

小中英之

夜半さめて見れば夜半さえしらじらと桜散りおりとどまらざらん

馬場《ばば》あき子《こ》『雪鬼華麗』(昭54、牧羊社)

古来、桜の歌には名歌が多い。もっともよく詠われてきた花は桜であろう。因みに、『万葉集』では、もっとも多く歌の素材になった花は桜ではなく、萩である。『万葉集』の歌には、一三八回萩が詠まれているという。二位が梅で一一八回。桜は意外に少なくて四二回、第八位であった。しかし、『古今集』以降、花と言えば桜。歌のなかでも敢えて桜とは書かず、「花」と詠まれていれば、それは即、桜を意味するまでになってきた。

馬場あき子の一首は、散る桜、それも夜半に散る桜を詠ったものである。夜ふと目覚める。戸を開けてみれば、庭の桜が吹雪くように、際限もなく散っている景を目にしたのだろうか。どういう状況、場面であったのかは、あまり詮索せずともいいだろう。息を飲むほどに美しい花びらの流れ。誰に見られることもないその静寂の時間のなかで、ただただ散るためにだけ散りつくそうとしているかのような桜の営みに、作者は深く心を動かされたのだ。人の世の営みを超越したかのような、この「散る桜」の時間は、どこか永遠に通じるような時間の存在感を持っている。

さくら花幾春かけて老いゆかん身に水流の音ひびくなり　『桜花伝承』

桜という花は、一年一年の時の刻みを強く意識させる花である。春に桜を見ると、この先何度この花を見ることができるだろうかとしみじみする。桜は特に花の季が短いがゆえに、花との邂逅を得がたく思うのであろう。「世の中にたえて桜のなかりせば春の心はのどけからまし」(在原業平《ありはらのなりひら》、『古今集』春上)と詠われたように、花が咲くと心は落ち着かない。早く見に行かねば散ってしまいそうで、そわそわし始めるのは、業平の時代から変わらない。

花は毎年違《たが》うことなく咲きみちるのであるが、しかし、この季節のめぐり、その円環時間には、一方で、行って帰らぬ直線的な時間の流れが交差する。次の花の季節には、直線的時間の住人であるわれわれ人間は、一年分だけ歳をとっているのである。私はこれを直線と円とが織り成す螺旋時間と呼んでいる。来年の桜は、まちがいなく螺旋の一つのピッチ分だけずれた花の季なのである。

馬場あき子も、これから繰りかえし桜の花を見ながら、「幾春かけて」己れの身は老いていくのだろうとしみじみ思う。身の真央《まなか》を流れる「水流の音」は、また時の流れの音でもあろうか。ほかにも桜を詠った歌には忘れがたい歌が多い。

さくらばな陽に泡立つを目守《まも》りゐるこの冥き遊星に人と生れて
山中智恵子『みずかありなむ』

夕闇の桜花の記憶と重なりてはじめて聴きし日の君が血のおと
河野裕子『森のやうに獣のやうに』

すさまじくひと木の桜ふぶくゆゑ身はひえびえとなりて立ちをり
岡野弘彦『滄浪歌』

ちる花はかずかぎりなしことごとく光をひきて谷にゆくかも
上田三四二《うえだみよじ》『湧井』

夕光《ゆふかげ》のなかにまぶしく花みちてしだれ桜は輝《かがやき》を垂る
佐藤佐太郎『形影』

山中智恵子は、桜を見上げつつ、「この冥き遊星に人と生れ」た幸いと寂しさをつくづくと感じたのであろう。上句「さくらばな陽に泡立つを」という明るい景が、地球というこの遊星の冥さを却って際立たせるようでもある。河野裕子は「夕闇の桜花の記憶」が、その桜の下で、はじめて抱きよせられた男の胸の「血のおと」と重なっているると言う。甘い恋の想い出である。男性に詠まれた桜は、いずれも印象鮮明な映像的なシャープさを持っている。岡野弘彦の歌は終戦直前のものである。軍人として、東京で累々たる死屍を処理するという作業のあと、茨城県の小さな町に配属になった。その町の小学校で桜のふぶくのを見たとき、己れの内から異様な腐臭のたちのぼるのを感じたと自ら記している。上田三四二の桜は吉野の桜であり、谷をいちめん埋めるように散っていく桜の花びらのどれもが「光をひきて」いるという描写が鮮明である。佐藤佐太郎の歌については、すでに述べた(一五六頁)。

三輪山の背後より不可思議の月立てりはじめに月と呼びしひとはや

山中智恵子《やまなかちえこ》『みずかありなむ』(昭43、無名鬼発行所)

三輪山は奈良県桜井市に、美しい山容を誇る山であるが、大物主神《おおものぬしのかみ》を祀る神奈備《かんなび》の山である。三輪山周辺には、崇神《すじん》天皇や景行《けいこう》天皇陵のほか、『魏志倭人伝《ぎしわじんでん》』の記す邪馬台国《やまたいこく》の女王、卑弥呼《ひみこ》の墓ではないかとされる箸墓《はしはか》古墳も存在する。

『古事記』には、現在三輪山伝説として知られるエピソードが載っている。活玉依毘売《いくたまよりひめ》のもとに夜毎通ってくる男性があったが、朝になると帰って行ってしまう。心配した親がその男の衣に糸を通した針を指しておくように指示した。娘がその通りにすると、朝、その糸はどこまでも伸び、手許に三匂《みわ》(三巻き)しか残らなかった。その糸を辿って行くと、三輪神社に着き、男が大物主神であることがわかったという。この三匂から、三輪という地名がおこったともいう。山中智恵子には『三輪山伝承』という評論集もあり、三輪山へ寄せる思いは殊更に深い。

この一首は、言葉の〈はじめ〉ということを強く意識させる歌である。山そのものが神である三輪山の背後から、大きな月がのぼった。夕暮れのまだ昏《く》れきらない空に、玲瓏とした光を放つ月。作者は思わず「ああ、お月さま」とでも呟いたのだっただろうか。意識せず、思わず漏れた言葉。まだ言葉もない頃、この月を見て、初めて「つき」と言葉に出した人がいたはずなのだ。誰かが、これを「つき」と呼び、それが「月」という字とともにいまに繋がっている。言葉とはまことに不思議なものである。そんな言葉の初源に立ち帰って、言葉の発生にまで思いをいたすような不思議な雰囲気をもった歌である。

山中智恵子は、「現代の巫女」とも呼び慣らわされていた作家であるが、言葉を日常の意味を越えた純粋な形象にまで研ぎあげていくといった作風において、若い世代に大きな影響を与えた。山中の活躍した時代は、塚本邦雄などによる前衛短歌運動のさなかであったが、山中は前衛短歌とは近くありながらも一線を画し、独自の歌風を展開してきた。

山中智恵子の歌は、難解であると言われ続けてきた。代表歌として、

行きて負ふかなしみぞここ鳥髪《とりかみ》に雪降るさらば明日も降りなむ　『みずかありなむ』

をあげてもいいだろうが、この一首を意味として読み取ることはほぼ不可能であると言ってもいいかもしれない。「鳥髪」は『古事記』に出てくる出雲国の地名である。「ここ鳥髪の地に雪が降っている。人間はどこまで行ってもかなしみを負う存在である。そのかなしみを負いつつ、この地の雪に降られているが、明日もまた今日のようにこの地に雪は降るのだろう。私がかなしみを負い続けるように」と、意味をたどればそのようになるだろうか。しかし、そのような個々の意味を辿って行っても、この一首が読めたような実感とはほど遠い。遠いのだが、しかし、この一首にはわれわれをのめり込ませるような何かがある。山中智恵子は、言葉を日常の意味の軛《くびき》から解放し、純粋にイメージとして、また響きとして研ぎあげることにおいて、右に出る歌人のいない存在であった。

まつぶさに眺めてかなし月こそは全《また》き裸身と思ひいたりぬ
水原紫苑《みずはらしおん》『びあんか』(平1、雁書館)

月を見て、裸身と思う人はいただろうか。なるほど月は何もまとっていないわけだから、裸身には違いなかろう。しかし、裸身という人間的な視線で見られたとき、月という無機的な存在が俄かにある種の官能性を帯びて、違った顔を見せることになる。満月を想像するが、淡い黄色を帯びた月面の、まろやかな形は、あきらかに女性のものであろう。水原紫苑の一首は、見慣れた自然の別の横顔をさりげなく見せてくれて、しかもそれは私たちのこれまでの感性にはなかった感じ方であり、驚きである。

山中智恵子の歌を読んだ私たちは、そのあとで月を見るとき、心のどこかで、「はじめてあれを月と呼んだ人が、古代日本のどこかにいたはずだ」という感慨をかすかに感じることだろうが、水原紫苑のこの一首は、また次に月を見上げたとき、私たちに、それ以前とは確かに違った月の受容をうながすことになるのであろう。歌を読むとはそういうことである。一首の歌を読むことによって、それまでとは違った自然との向かい合いが生まれるのである。なんとも思わず月を見ていた時に較べ、月を裸身と感じた人がいたと知ったことで、少しだけ、私たちが月(自然)を見る見方に幅ができたはずである。それは私たちの日常を、少しだけ豊かなものにしてくれるのではないだろうか。一本の草の名前を知っているだけで、道端の景が俄かに親しく感じられるように。

なべてものの生まるるときのなまぐささに月はのぼりくる麦畑のうへ

真鍋美恵子《まなべみえこ》『雲熟れやまず』(昭56、角川書店)

もう一首、月の歌をあげておこう。真鍋美恵子は、明治三九年(一九〇六)の生まれ、佐佐木信綱の弟、印東昌綱《いんどうまさつな》に師事し、「心の花」で作歌を続けた歌人である。祖父に黄表紙本作者として有名な柳下亭種員《りゅうかていたねかず》を持つというから、江戸が地続きであることを実感させる作者であった。晩年の真鍋美恵子は、とても小さな、そして品のいいお婆さんであった。まだ私が三六歳の頃、『真鍋美恵子全歌集』の解説を依頼され、書かせていただいたのだが、自らの総まとめとも言うべき全歌集の解説を、三〇代半ばの青年に依頼してしまうという思い切りのよさ、気風のよさというものも併せ持った歌人であった。

山中智恵子は月を眺めながら、言葉の初源に想いをいたし、水原紫苑は、裸身としての月を美的かつ官能的に捉えた。真鍋美恵子の月はどうだろうか。山中と同じ、昇りはじめたばかりの月である。前景には麦畑があり、月は麦畑の向うから昇ってくるのだろうか。麦畑はおそらく一面に黄色く色づいているのだろう。そのどこまでも続く麦の黄色の上に、それより濃い黄色の生まれたばかりの月が、頼りなげに昇っていくという、いかにも美しい景である。

しかし、この歌の提示する月は、「なまぐささ」を持った存在としての月なのである。生まれたばかりの月、その月は「なべてものの生まるるときのなまぐささ」を持っていると作者は感じたのである。くっきりとした輪郭をもった剛体としての月ではなく、まだ輪郭もあやふやな生まれたばかりの月。その「なまぐささ」。ここに真鍋美恵子に特徴的な対象の把握が見てとれる。それは目の前の月だけではなく、真鍋にとっては「生まれてくるものは、みななまぐさい」という思いが深いところに潜在していたのだろう。ああ、この生まれたばかりの月も同じようになまぐささを持っているではないかと言うのである。当然、背後に人間の赤子が生まれるときの、ある種の「なまぐささ」も感じられよう。不思議な歌である。

真鍋美恵子には「沼の面を音なく蛇がよぎりゆくひとすぢの炎ゆる金《きん》色とはなりて」など沼を詠った歌も数多いが、それらを取り上げながら、私は、全歌集の解説のなかで「密度濃いもの、ぬめぬめと光るもの、なまなましいもの、粘性や弾性をもった不定形の存在、それらいずれも幾何学的な形象化を拒むものたちに寄せる真鍋の執着」などと書いている。いま読みなおすと若すぎて硬い文章だが、真鍋の歌の不思議さになんとか辿りつこうと格闘しているさまがわれながら微笑ましいのである。

かなしみは明るさゆゑにきたりけり一本の樹の翳らひにけり

前《まえ》登《と》志《し》夫《お》『子午線の繭』(昭39、白玉書房)

前登志夫の歌人としての出発は、なによりこの一首にあった。もともと現代詩を書いていた詩人であり、『宇宙駅』なる詩集も持つが、あるときから「異常噴火」と自ら語るように、歌にのめり込むことになる。前登志夫と吉野という風土は切っても切れない関係にある。「吉野の山人」とは、前登志夫を語るとき枕詞のように繰りかえされた呼称であった。吉野に生まれ、山を持ち、彼自身自らを、樵《きこり》とも杣人《そまびと》とも呼んでいた。吉野は前の砦でもあり、存在の根拠でもあった。

前登志夫の代表作と誰もが認めるこの一首は、実は解釈と鑑賞のむずかしい歌である。意味として読もうとすれば、何ら明確な表象を伴わないからである。イメージはくっきりしており、むずかしい言葉はどこにも使われていないにもかかわらず、その外的なイメージと、それを喚起した内的な精神のありようが、作者と同じ線のうえで追体験しにくいことによるだろうか。

初句、いきなり「かなしみは」と詠いだされる。「かなしみは明るさゆゑにきたりけり」。このフレーズからは当然、読者は、その理由が後ろで明らかにされるものと想定しつつ、下句を読み進むだろう。なぜ、私(作者)は、そのように感じたのか。その種明かしを期待しながら下句へ移ると、そこには「一本の樹の翳らひにけり」とあるだけ。作者の思いはどこにも示されない。どこかはぐらかされたようでもある。だとすれば、上句こそが作者の思いそのものなのだと読者は気づく。

明るい光のなかに、いっぽんの樹が立っている。少し小高い丘にでも立っている樹を想像してもいいだろう。光のなかで、その樹の幹は一瞬黒く翳って見えたのかもしれない。その時、俄かに樹の存在感だけが、現実の景から抜けだしたように、なまなました実感として感じられた。樹がただそこに立っている。孤《ひと》り立つというさびしさ。明るさのなかに黒い翳を孕《はら》んで存在しなければならないかなしさ。それを作者自身ととってしまっては歌が浅くなってしまうが、作者をも遠く含みつつ、人間の、そしてものみなの〈存在する〉ということそのもののさびしさ、かなしさを詠ったものが、この一首なのだと読んでおきたい。

夕闇にまぎれて村に近づけば盗賊のごとくわれは華やぐ

『子午線の繭』

「樹」とともに「村」もまた前登志夫を語るときのキーワードである。街へ出かけていて、吉野の山にある自宅へ帰ってくる。その村に入ろうとするとき、自らは「夕闇にまぎれて村に」入ろうとする「盗賊のごとく」感じられたというのである。「村」は前登志夫にとって、帰るべきところであるとともに、ついに己れの違和として存在する場所でもあった。吉野とセットで語られる前登志夫であるが、前にとって吉野は、いつも温かく自らを包んでくれる母郷なのではなく、常に拭いがたい違和感とともにある存在でもあったのであろう。「村」という存在、故郷という存在は、誰にとっても、そのような親和と違和、懐かしさとよそよそしさ、そして温かさと冷たさを同時に孕んだ、不思議な存在なのであるかもしれない。

春がすみいよよ濃くなる眞晝間のなにも見えねば大和と思へ

前川《まえかわ》佐美雄《さみお》『大和《やまと》』（昭15、甲鳥書林）

前登志夫の師にあたるのが、前川佐美雄である。明治三十六年（一九〇三）、奈良県忍海《おしみ》村に生まれ、前川も長く奈良に住んだ。初め「心の花」に入会して作歌を始めたが、のちに「日本歌人」を創刊して独立した。昭和初期より短歌新風の前線に立って活躍し、特に第一歌集『植物祭』にみられるように、口語も交えた自由奔放な作風と、超現実的な発想から詠いだされる短歌作品は、西欧の詩や文学、美術などの影響も大きく受けつつ、従来の短歌とは大きく異なった象徴派歌人の面目を十二分に開花させたものとなった。

ぞろぞろと鳥けだものを引きつれて秋晴の街にあそび行きたし
ひじやうなる白痴の僕は自轉車屋にかうもり傘を修繕にやる

『植物祭』

奇想とも言えるし、シュールレアリスムであるとも言える。西欧現代詩にも通じるような、これら発想の大胆さは現代においても十分に衝撃的だが、昭和前期という時期を考えれば、前川佐美雄の作風が歌壇に与えた驚きとその影響を推し量ることができよう。前登志夫だけでなく、塚本邦雄も山中智恵子もみな前川佐美雄に師事した歌人たちである。

掲出の一首は、どこか大和盆地が見渡せる小高い丘からの眺めととっておきたい。春霞のなかに、大和の国が深く沈んだように息をひそめている。目を凝らしても、見えるのは霞の白い帳《とばり》ばかり。そう、なにも見えないからこその大和なのだ。見えないことこそ、大和に相応しいと、作者は不意に気づいたのだろう。

大和には、長い、そして深い歴史の襞が刻まれ、深い闇を抱えている。普段見ている大和の景は、そんな襞や闇から濾《こ》されてきた上澄みにしか過ぎないのではないか。もっとどろどろと深い闇にこそ大和の本質はあるはずなのだと、作者は気づくのである。

前登志夫は、自分にも大きな影響を与えたこの一首について、「この歌が秀れているのは、大和の実景と本質を一言にしてとらえ、同時になにも見えないという覚醒において原郷をみているのであり、記念すべき自己発見を遂げた趣があるからである」（『山河慟哭《どうこく》』）と述べている。さすがにその師の歌の本質を捉えた評と言うべきであろう。

鶏ねむる村の東西南北にぼあーんぼあーんと桃の花見ゆ

小中英之《こなかひでゆき》『翼鏡《よくきょう》』（昭56、砂子屋書房）

こんな景が日本にあるのかと思えるほど、どこか桃源郷を思わせる風景である。まず「村の東西南北に」という把握に驚かされる。小さな村を遠くから見下ろしているような感じ。その東西南北のどの方角にも、桃の花が咲いているというのである。のどかな春の昼下がり。人影も絶えてない。人ばかりか、鶏さえ眠っているかのようにどこにも気配を感じない。そんな村に、桃の花だけが誰かに見られるということとはかかわりなく、静かに咲いている。その咲き方がおもしろい。「ぼあーんぼあーん」。中原中也を連想させるようなこのオノマトペは、桃の花の量感を感じさせてくれるとともに、桃が一カ所に固まって咲いているのではなく、村のあちこちに、その家々の庭に咲いているのであろうことをも私たちに暗示してくれる。

氷片にふるるがごとくめざめたり患《や》むこと神にえらばれたるや　『わがからんどりえ』

小海線左右《さう》の残雪ここすぎてふたたび逢ふはわが死者ならむ
今しばし死までの時間あるごとくこの世にあはれ花の咲く駅　『翼鏡』

小中英之は生来病弱であり、生業につくこともなかったが、その歌は常に死と膚接するようなものが多く、美しい景のなかに鋭く死の匂いを嗅ぎとってしまうような歌に特徴があった。ここにあげた三首は、いずれも小中の代表作であるが、どれにも己れの死を内包したような部分に歌のライトモチーフが見えている。小中にとって生きることは、すなわち病むことでもあった。そのような宿痾《しゅくあ》を抱えていたにもかかわらず、否、抱えていたからこそ、その抒情世界は透明な明るさに満ちていたのかもしれない。

おさきにというように一樹色づけり池のほとりのしずけき桜
沖《おき》ななも『天の穴』(平7、短歌新聞社)

桜紅葉は紅葉のなかでも好きなもののひとつである。他の広葉樹が色を変えるまえに、一足さきに色づくのもいい。はじめは淡く色づいていたものが、だんだん深い赤黄色に変わっていくともう秋も深い。花と同じく、桜の紅葉も他の樹々より早く葉を散らしてしまうように思われる。

私は京都の高野川《たかのがわ》沿いを車で通勤していた時期が長かったが、高野川にはその堤にずいぶん長い桜並木が続く。桜の花の季節は文字通り花に接するように走るのである。花の散る季節、深夜に帰宅するときなど、ヘッドライトに照らされながらいっせいに花を散らせる桜のなかを走っていると、自分はどこへ向かっているのかがふとわからなくなりそうにもなる。泉鏡花に「龍潭譚《りゅうたんだん》」という小説があり、少年が躑躅の花に誘《おび》かれるように山へ入って行って神隠しにあう話だが、高野川沿いの深夜の落花は、まさにそのような神隠しに近い思いを抱かせるものでもあった。

沖ななもは、樹が好きな歌人であり、全国の名木を探し、鑑賞する旅に出かけていた時期があった。樹々の性質もさすがによく知っているが、この一首でも、他に先駆けて紅葉する桜を「おさきにというように」と感じているのがおもしろい。遠くから見ていると、山々の樹々はいっせいに紅葉を始めるようにも思われるが、当然のことながらそれぞれに遅速はある。微妙な個々の遅速に従って、紅葉の山の表情は日々変わっていくのである。そんな微妙な色の変化、他との違いに敏感に反応するのも、歌を作るという作業がわれわれに気づかせてくれるものの一つである。

トルソーの凹凸なれば乳のふくらみ臍《ほそ》のくぼみにさす冬の光《かげ》　『一粒《いちりゆう》』

このような歌も沖ななもにはある。トルソーの乳房のふくらみ、臍のくぼみ。いずれも平面からの凹凸によって表現が成立しているが、その微妙な凹凸に光が影を作るのである。影によってその凹凸を知り、それが乳房や臍であることを知るのだと言ってもいいかもしれない。そのような認識のメカニズムそのものもおもしろいが、沖ななもはその光に「冬の光《かげ》」を感じている。どぎつい夏の光でも、くっきりとした秋の光でもなく、やわらかな撫でるような冬の光。いかにもトルソーのなだらかな女性の体表面にふさわしい光とも見える。光にもやはり季節があり、その季節を作歌のなかで意識することは、歌にとっても大切であろうが、いっぽうで作歌のプロセスでそのような季節の推移を実感できることも、歌を作る喜び、豊かさの一端であろう。

ものおもふひとひらの湖《うみ》をたたへたる蔵王は千年なにもせぬなり

川野《かわの》里子《さとこ》『五月の王』（平2、雁書館）

大きな景を悠然とした韻律のなかでゆっくりと詠み終えて、スケールの大きな歌となっている。自然を曲げることなく素直に詠んでいるところに、自然への畏怖と敬虔な思いが感じられる。川野里子は大分県の生まれであるが、二〇代の後半二年ほどを東北で暮らすことになった。幼いころより見慣れた自然ではなく、青春のある時期にそのもとで暮らした自然には、その土地で見慣れてきた者には見えない、別の顔と趣をもった自然が立ちあらわれるものである。

蔵王《ざおう》山と名のつく山は、全国に少なくとも四つはあるそうだが、この一首はもちろんもっともよく知られた山形県と宮城県にまたがる蔵王連峰のものである。その主峰には火口湖があり、御釜《おかま》と呼び慣らわされているが、五色沼《ごしきぬま》とも言う。酸性の湖で生物は棲息していないらしいが、緑色に濁っており、季節によって色調が変わることから五色沼と呼ばれるらしい。御釜は千年ほど前の噴火でできたと言われている。

「おもむろにまぼろしをはらふ融雪の蔵王よさみしき五月の王よ」という一首がこの前にある。その蔵王は、世の動きなどといっさいかかわりのない、己れ自身の時間を刻んでいるかのように、「千年なにもせぬ」まま、その孤独な姿を作者のまえに見せている。静かに深く鎮りつづける蔵王は、しかしその懐に「ひとひらの湖」をたたえている。何もせぬことの孤独のなかで、かろうじてそこにだけ「ものおもふ」存在としての湖、その生気が感じられる。それは森厳《しんげん》な静寂のなかにある。ある種の救いにも似た感情を作者に与えたのであろうか。このような時間的にも空間的にも大きな存在のまえに立つと、己れという人間の卑小さがいやでも際立ってくるものであるが、作者は、自然のまえに立つ人間の小さな、しかし確たる存在を己れのうちに確かめようとしていたのかもしれない。

神田川の潮ひくころは自転車が泥のなかより半身を出す

大島史洋《おおしましよう》『いらかの世界』(平1、六法出版社)

大島史洋の描く世界は、まことに現実的である。美しいだけの景を詠むことを厳しく自己に禁じているかのようでもあり、たぶんに自覚的である。この一首においても、「神田川の潮ひくころは」と美しく詠いはじめられているにもかかわらず、さて次に何が見えるのかと期待して読み進むと、現われるのは「泥のなかより半身を出す」自転車だというのだから、ある意味では肩すかしを食うのである。

しかし、現実の都会の風景というのは、実にこのようなものであるはずなのだ。それなのに歌人は得てして美しい景だけを探そうとしているのではないか、現実から目を逸らせて、景を美化して詠う、あるいは歌になりそうな景ばかりを選んで詠っているのではないか。そんな問いが大島の歌からは聞こえてきそうである。

産み終えて仁王のごとき妻の顔うちのめされて吾はありたり　『わが心の帆』

夕食を家にてとらぬ習慣の二十年経て子は疑わず　『燠火』

大島史洋の歌は徹底して現実に材を取り、日常の些事《さじ》のなかに去来するさまざまの思いを歌にする。リアリズムの視線で、たとえ散文的になっても、韻律よりは内容を重視する詠いかたは、いわゆる生活者の歌であり、ある意味では、土屋文明が戦後の「アララギ」において標榜した「生活者・勤労者の歌を」というテーゼを、現代においてもっとも忠実に実現している歌人と言えるのかもしれない。

一首目の「産み終えて」の歌では、まさにお産の直後の妻の顔に圧倒されるのである。普段見ている顔とは打って変わって「仁王のごとき妻の顔」、いったいこれは本当にわが妻なのであろうか、と、一瞬うろたえたのであろう。そんな妻の顔に「うちのめされて」しまった自分を詠って、一読、読者は笑ってしまう。笑ってはしまうが、それは単純な笑いではなく、生むという宿命を背負った女性の圧倒的な存在感に怖れを抱くとともに、敬虔とも言えるような荘厳な何かを感じたのであろう。男がどうしてもかなわない場面である。

二首目は、サラリーマンとして同感という人は多いことだろう。残業だと言っては外で簡単な夕食を済ませ、飲み会と言っては午前さまとなる。家族との食事がないがしろになり、それが習慣となって二〇年も経てば、子供たちでさえ、それをわが家のライフスタイルとして当然のごとく受け容れている。二〇年にもわたる自らのサラリーマンとしての生活を、仕方がないとは思いつつ、しかし、さびしい存在であったとも思う。結句「子は疑わず」が作者にとっては、何より辛い認識でもあるのである。

因みに作者大島史洋は、出版社に勤務し、辞典の編集などを中心に仕事をしてきた出版人である。また大島の父は、土屋文明の弟子であり、大島自身は文明の弟子にあたる近藤芳美に師事し、岡井隆に兄事するという、まさに「アララギ」という思潮のなかに己れの作歌活動の拠点を置いてきた作者である。

洪水はある日海より至るべし断崖《きりぎし》に立つ電話ボックス

内藤《ないとう》　明《あきら》『海界の雲』（平8、ながらみ書房）

内藤明の歌は地味である。他人に、どうだ俺の作品はとひけらかすような毛羽立ったところがほとんどないと言ってもいいだろう。人の視線を気にせず、自分の目に触れた大切なものだけを淡々と写し取ってゆく、そんなふうに読める。

こんなところに橋のありしか自転車を押しつつ渡る駅裏の川

『斧と勾玉』

大島史洋は神田川の潮が引いたあとに、いかにも武骨な自転車の残骸が現われたという、あまりにも現実的な景を詠ったが、内藤明は自転車を押しつつ、なんとも目立たない橋の存在にはじめて気づく。いつもよく通っている界隈なのだろう。しかし、「こんなところに橋のありしか」と今日はじめて気づいたのである。こういう経験は、誰にも覚えのあるところだろう。それが「駅裏の川」に架かる橋だというので、いっそうみすぼらしげである。そのみすぼらしいくすんだ橋を「自転車を押しつつ渡る」男は、たぶんもっとみすぼらしいのだ。内藤明は、そのように自分を見ている。地味ではあるが、その足はしっかり地面を踏みしめているという気もする。

掲出歌「洪水は」の歌は、叙景歌と読むのが正解であろう。こんなところに、と驚くような断崖に「電話ボックス」がひとつ立っている。誰が利用するのだろうかと思う。投身自殺を防ぐためのいわゆる「命の電話」なのかもしれない。かなり遠くから断崖を見ているという気がするが、電話ボックスは鈍い光を返していたのだろうか。

詠われているのは、それだけである。あまりにも単純な景である。しかし、この景には何か不吉な予感のようなものが感じられる。作者内藤明も、その〈何か〉をかすかに感じとったのかもしれない。その何かとは、まだ作者にもはっきりとはわからない。たとえば、としてふと思い浮かべたものは、はるか遠くの海から押し寄せてくる洪水のイメージであった。なぜそのイメージが湧いたかを、ロジックとして問うても答えは返ってこないだろう。しかし確かに内藤明はそこに、いつかはるかな時間の向う、その「ある日」に、海から押し寄せてくるかもしれない洪水を幻視した。

平成二三年(二〇一一)三月一一日という日、すなわち東日本大震災のあとの、未曽有の大津波を直接間接に知ってしまった私たちには、この一首がどうしようもなく黙示録的な幻視と見えてしまうだろう。歌を読むことは、自分の経験の総量を動員しながら読み解こうとする作業である。自分が経験、体験したことは、意識する・しないにかかわらず、歌の読みに強い影響をおよぼさざるを得ない。自己をゼロ状態にして、歌を読むことはまず不可能である。内藤明のこの一首は、もちろん東北を襲ったあの大津波以前に作られた一首であるが、そこで一瞬、内藤の網膜に幻として映った景は、後年、まぎれもない現実の大惨事として実現してしまったのである。それを知ってしまった私たちには、その事実を無視してこの一首を読むことができなくなっていることに、改めて気づくことになる。

第九章　孤の思い
――秋のみづ素《す》甕《がめ》にあふれ

坪野哲久

浜田到

武川忠一

田谷鋭

成瀬有

秋のみづ素甕《すがめ》にあふれさいはひは孤《ひと》りのわれにきざすかなしも

坪野《つぼの》哲久《てっきゅう》『桜』（昭15、甲鳥書林）

坪野哲久はプロレタリア歌人と称される。はじめ「アララギ」に入って晩年の島木赤彦に師事したが、赤彦没後、新興歌人連盟、プロレタリア歌人同盟などの運動に参加した。その総決算ともいうべき第一歌集『九月一日』（昭和五年刊）は、発売と同時に発禁となった。歌人の山田あきと結婚し、プロレタリア歌人同盟解散後は、二人で同人誌「鍛冶」を創刊した。当然ながら、社会に目を向け、その矛盾や貧富の問題、戦争への視点など、社会派歌人、プロレタリア歌人としての歌が多くあるが、坪野哲久を敢えて〈芸術派〉の歌人として認めようとしたのは、塚本邦雄であった。「われきらめかず――坪野哲久論あるいは傑作の悲劇について」（『夕暮の諧調』所収）と題した塚本の評論は、一人の歌人から、そのレッテルを剝がして、生身の作品として鑑賞することがいかに大切かを、見事に示したものであった。坪野哲久を当時の歌壇が改めて発見したというに近い大きな影響を与えたのである。

塚本邦雄の評論は常に断言調であるが、塚本が坪野の傑作として挙げた歌は五首であった。そのうちの次の一首は、彼がもっとも高く評価したもの。

曼珠沙華のするどき象《かたち》夢にみしうちくだかれて秋ゆきぬべき　『桜』

「「秋のみづ」以下の五首こそ、まさに他のすべて、他の哲久作品千数百首を棄てて悔いのない、絶唱だと、ぼくは誤解や非難をおそれずに言おう。（改行）そしてまた、その五首のうち、「曼珠沙華」の一首は、哲久の魂そのものというべき、悲痛なイメージと、きびしい調べとをもち、技法的にも斬新であり、間然するところのない傑作と信じる」（前掲評論）とまで言うのである。夢にみた曼珠沙華の鋭い象《かたち》、その象もろともに「うちくだかれて」秋はゆく。そこには打ち砕かれるものとしての自らの存在も当然意識されていたはずである。太平洋戦争直前の時代の暗さと、がんじがらめの逼迫感があろう。事実、哲久は、昭和一九年（一九四四）には治安維持法で逮捕されてもいるのである。

「曼珠沙華」の一首とほぼ同時期につくられた「秋のみづ」の一首も、そのような時代背景を抜きにしては十分な鑑賞のおよばない歌かもしれない。秋の水が素甕《すがめ》にしずかにあふれている。どのような景を思い浮かべるかは読者に任されているが、その静謐な空間に、坪野哲久は「さいはひ」を感じている。しかしその「さいはひ」は強く「孤り」という意識を強いるものなのであったのだろう。

歌集『桜』では、一首前に「胸ふかくつちかひし花くるひ咲きつひに阿《おもね》るすべさへしらず」の歌があり、一首あとに「力なく羽ばたくさまの美《くは》しけれ加勢《かせい》は須《い》らず加勢は須らず」という歌がある。人に阿る術《すべ》さえ知らずに歩んできた己れ。その私は、力なく羽ばたく鳥を見ても、その様を美しいと感じ、それに加勢は要らないと叫んでしまうというのである。その鳥は紛れもなく坪野哲久その人であったはずである。そのような己れの生き方を、時代の息苦しさのなかで詠ったのが、「秋のみづ」の一首であり、「曼珠沙華」の一首であった。安易な妥協によって群れることを良しとしない個にとっては、どの時代も生きにくいものであるが、個の自由を徹底的に束縛する権力が圧倒的な力をもっていた時代にあっては、そのような孤の思いは凄絶なものにならざるを得なかったはずである。

死に際を思ひてありし一日のたとへば天體のごとき量感もてり

浜田《はまだ》　到《いたる》『架橋』（昭44、白玉書房）

自らの死を思うとき、人はもっとも孤りである。どれほど愛した人が居ても、死ぬときは、言うまでもなくたった孤りで死んでいかねばならない。たとえ心中という選択をしたとしても、死の向こうには孤りだけの世界しかないことを誰もが知っている。普段はできるだけ思い出さないようにしているけれど。

浜田到は「死を思う」人であった。怖れるのでも、望むのでもなく、死とは何か、生存にとって死はどのような意味を持っているのかを、考え続けた歌人であったと言ってもいいのかもしれない。浜田の思う死とは、しかし決して現実の死ではない。あくまでメタフィジカルな死、すなわち形而上的な死そのものであった。

塚本邦雄は、坪野哲久を再発見し、歌壇に定着させた歌人であるが、その慧眼は浜田到をも発見し、浜田到の名もまた、塚本邦雄によって歌壇的に知られることになった。その塚本が「もともと、彼の作品は、その出発の頃からことごとく死の予感にみちていた。（中略）到の作品における『死』は結晶した核であり、生はそれをとりまく透明の膜であった」（「詩の死」、『定型幻視論』所収)と述べたように、「死」は浜田にとってもっとも大きなテーマであった。

この一首では、「死に際」を思っているのである。死の間際、それはどのような感情として自らにたちのぼってくるのだろうか。暗闇としてだろうか、安息としてだろうか。そのような死の思念のなかに佇んでいると、その一日が「天體のごとき量感」をもって感じられたというのである。死という無辺際への思いが、宇宙に漂う天体のような量感とともに、作者の一日を領したのであろう。

浜田到はリルケに大きな影響を受け、浜田遺太郎というペンネームで「詩学」などの雑誌に詩を発表していた詩人でもあった。詩においても歌においても、その世界は、現実の事物たちの猥雑な属性から遠いものであった。そして、そこには常に〈孤〉であることの静謐な光が射し、純一の彫琢された抽象的な象が影を引いているといった風であった。

汝が脈にわが脈まじり搏つことも我れの死後にてあらむか妻よ　『架橋』

妻富子は浜田到の初恋の相手であり、四九歳で浜田が突然事故死するまで、生涯添い遂げた伴侶である。その最愛の妻に対してさえ、一体化することができないと詠う。「汝が脈にわが脈まじり搏つこと」は、「我れの死後にてあらむか」と言うのである。妻にとっても本人にも、さびしく哀しい醒めた認識だというほかないが、そんな死の見つめ方が、浜田到なのであった。

ゆずらざるわが狭量を吹きてゆく氷湖の風は雪巻き上げて
武川忠一《むかわちゅういち》『氷湖』（昭34、新星書房）

とどまるといふひとつにも弩《いしゆみ》のごとき努力をして過ぎむのみ
田井安曇《たいあずみ》『水のほとり』（昭51、現代書房新社）

武川忠一は窪田空穂に師事し、「まひる野」の創刊に参加して以来、長く空穂、そしてその長男の窪田章一郎《しょういちろう》とともに、作歌を続けてきた歌人である。自身は母校早稲田大学で国文学の教鞭をとり、空穂をはじめとする近代短歌の研究が多い。いわゆる戦中派に属し、同世代に多くの戦死者を持つことは、武川の歌のテーマを強く規定することになった。病弱ゆえに戦争に行くこともなく、生き残ってしまったというう しろめたさは、戦後の社会へ向ける期待とそれゆえの厳しい批判とを武川の内部に育てることになったのだろう。世の中の動きに付和雷同することをもっとも嫌い、どんな場合でもあくまで自分の目で見、頭で考えたのちに行動するという意識を鮮明に持った歌人であった。

掲出の一首は、武川忠一の代表歌として誰もが認める、あまりにもよく知られたものであるが、やはりこの一首をあげざるを得ないだろう。ここには、生涯を通じて武川忠一の作歌を貫いていた二つの柱が二つながらに顔を見せているからである。

一つは「氷湖《ひょうこ》」。武川は長野県諏訪《すわ》市の生まれ、大学に入るまでここで過ごした。諏訪湖、特に氷結の諏訪湖は武川の精神形成に大きな力を持っていた筈であるが、武川の長い歌歴を通じて「氷湖」という語は繰りかえし詠われ、それは現実の諏訪湖から、次第に自らの精神世界を象徴する湖へと変貌していくかのようであった。

いま一つは、武川の自己凝視の強さである。掲出歌の「ゆずらざるわが狭量」という自己規定にそれはもっともよく現われている。たとえ狭量と言われても、譲れないところは譲れないとする武川の姿勢は、多くの評論や座談会などにその痕跡をとどめている。掲出の一首からは、そんな「ゆずらざる」狭量と武川自身の言うところのものが、幼時から過ごした風土に深く根差したものであることを、感じ取ることができるであろう。師の窪田空穂は『氷湖』の序で、

「しかし父祖累代の血を継いだ作者は、自己批評の言として、「ゆずらざるわが狭量」といっている。これは氷湖を象徴とする諏訪盆地の精神的影響の結果ではないか」と述べている。窪田空穂の異常なまでに長く懇《ねんご》ろな序は、そのまま若き歌人、武川忠一に寄せる期待を物語っていたものであっただろう。

狭量ではあっても、譲れないところは譲れないとして毅然と自己を主張する歌人が、個人的には私は好きである。田井安曇もそんな歌人のひとりである。

田井安曇はもともと本名の我妻泰《とおる》で歌を作っていた。「アララギ」から「未来」創刊に加わり、近藤芳美に兄事、岡井隆とは盟友のような関係でともに「未来」の編集に携わった。武川忠一と同じ長野県の生まれだが、武川よりさらに北、新潟県との県境に近い飯山町の生まれである。武川も田井もともに頑固なまでに自らの姿勢を問い、思想を枉《ま》げることをしない歌人であるのは、どこか風土性に共通性があるのかと思ってしまうほどである。

詩はついに政治に勝てぬことわりをしめぎにかくるごとく見しむる　『水のほとり』

この一首は、田井安曇（我妻泰）の作品世界を象徴的に語るものである。直接には、韓国の詩人金芝河《キムジハ》への弾圧を詠ったものである。金芝河という名を知る人も少なくなってしまったが、一九七〇年代、韓国の軍事政権に反対し、鋭い風刺詩を書いて、投獄され、死刑判決まで受けた詩人であった。サルトルや、大江健三郎、鶴見俊輔などの知識人による国際的な釈放要求の動きが広がったことでも知られる作家である。

田井は、繰りかえし金芝河を詠っているが、それはまさに「詩と政治」の二元論が、そのまま田井安曇その人のレーゾン・デートルでもあったからである。安保闘争に深くかかわり、またベトナム人留学生を支援する市民の会の事務局を引き受けるなど、「文学と政治」あるいは「文学か政治か」という問いは、常に田井の心を占めるアポリア(謎)であり続けた。「詩はついに政治に勝てぬ」と認識しながらも、搾《し》め木に掛けられるような痛みを自らのなかに引き受けていこうとしていたのが、当時の田井安曇の歌人としての良心であった。

「とどまるというひとつにも」の一首は、直接には連合赤軍による浅間山荘占拠事件を詠った一連中の歌である。具体的な状況が直截詠われているわけではないので、この「とどまる」がどのような状況を指しているのかは、今となっては判然としない。しかし、この一首の制作時期が、盟友たる岡井隆が九州へ出奔していた時期であることを考えると、岡井のようにすべてを棄てて、身ひとつで姿を隠してしまうという行為に限りない羨望を抱きながらも、それをよしとしない己れの内部の声に耳を傾けているという雰囲気であろうか。

この場に、つまりこの日常に「（踏み）とどまる」というひとつことだけにでも、弩を引くような努力をしていなければならない。現実とは、そして日常とはそのような〈非常な努力〉のうえにのみ維持し得るものであると、生活者の視点から詠ったものと考えられる。生活を棄てて、文学や詩に逃避してしまうことを潔しとしなかった田井安曇の精神の張力を感じさせるとともに、そこに彼の矜持を見せられる一首であろう。

退くことももはやならざる風のなか鳥ながされて森越えゆけり

志垣澄幸《しがきすみゆき》『空壜のある風景』（昭52、反措定出版局）

宮崎県は「若山牧水賞」を設けるなど、牧水の生まれた県として短歌が盛んだが、その中心に伊藤一彦、浜田康敬、そして志垣澄幸がいる。志垣澄幸は宮崎で長く高校の教師を務め、いまは退職しているが、教え子のなかに、本書でも取り上げた吉川宏志がいた。

志垣澄幸の作品としては他にもっといいものがあるかもしれないが、ここでは私個人の思い入れも含めて、この一首を紹介しておこう。職場であれ、地域であれ、時としてある場面まで頑張ってしまうと、退くに退けなくなってしまう場合がある。正義感の強い志垣の場合は、特にそんなことも多かったのだろうか。そんな鬱屈した気分で空を見ると、風のなかを鳥が流されて、森の向うへ消えていったと言うのである。そのときの作者の心情にぴったりなようでもあり、うまく繋がらないような景でもある。

思い入れと書いたが、志垣澄幸の第一歌集について何か書けと依頼されたのは、昭和五二年(一九七七)、「短歌」という総合誌からであった。当時、私は短歌の定型論について、自分なりのある構想を暖めていたところであった。自分の定型論を実際の作品にあてはめようとしていたところへ、折よく志垣澄幸の歌集から現代短歌の問題を探れという依頼がまわってきたというわけである。そこで引用したのが、「退くことも」など数首。論は「「問」と「答」の合わせ鏡」と題したが、この論はその後多くの若い歌人たちが定型論の基礎として引いてくれる論となり、いくつかの辞書にも項目として採用されることになった。個人的には記念碑的な論であるが、志垣澄幸の作品と巡り合った僥倖もうまく作用したのだろう。

ここで私は短歌においては、上句で「問」を発し、それを下句で「答」える、これが定型の基本的な上下句の意味であると考えた。この一首では「退くこともはやならざる」という上句のような心情、言いかえれば「問」をもったときに、如何に下句で「答」えるのか。その「答」にあたるものが、「颪のなか鳥ながされて森越えゆけり」だと考えられる。逆に、下句の事象を見たときに、その事象から作者の内部に喚起された上句の心情を、下句の「問」に対する「答」と考えてもいいのかもしれない。このような「問」と「答」のキャッチボールに、短歌定型の上下句の対応と意味を求めようとする仮説であった。

「いずれにしても、自ら問い、自ら答える以外ない文学の世界においては、その「問」をいかに遠くまで飛翔させ得るか、そしてその「問」をいかにうまくブーメランのように回収することができるか、が作品評価の要であることは論をまたないであろう。（改行）だがまだそれだけでは十分ではないのであって、作品が本当に緊張したものとなるのは、その「答」がさらに新たなる「問」となって作者を、従って最初の「問」そのものを問いかえすという場合であろう」（『表現の吃水――定型短歌論』）と述べている。若書きの生硬さの目立つ文章であるが、このような短歌定型の構造を〈「問」と「答」の合わせ鏡構造〉と呼んだのであった。上句と下句が「合わせ鏡」のように互いに問と答を投げかけ合うことによって、その問と答のあいだに立ちあがってくる一つの顔が、短歌における〈私〉なのだということを述べて、前衛短歌以来、尖鋭的に考察されてきた「短歌における〈私〉」とは何かに対する、私なりの答を出しておいたのである。

仰向けに縁側に寝て空ふかきところより雨の落ちくるをみつ
工事場の高き梁にて憩ひゐる工夫ら煙草の火を移し合ふ
透明をあまた重ねて積みゆけばガラスは海のごとき色もつ

『空壜のある風景』には、ほかにもこんな佳品がある。いずれの作品においても、注意深い目が、瑣末なディテール、小さな景への強い拘りを可能にし、現実のなかにあって、本来意味を持たないものたちのリアリティを強く感じさせる作品たちである。

昏れ方の電車より見き橋脚にうちあたり海へ歸りゆく水

田谷《たや》　鋭《えい》『乳鏡《にゅうきょう》』(昭32、白玉書房)

田谷鋭は、北原白秋・宮柊二に師事し、「多磨」からのち「コスモス」創刊に参加した歌人である。職業人としては、国鉄職員として長く勤務した。それゆえか電車や貨車の歌が多い。

第一歌集『乳鏡』は昭和三二年（一九五七）に刊行されたが、戦後の日々を生きる生活者としての視点を大切にし、対象を緻密に描き取るという点に田谷鋭の歌の特徴がある。労働に従事する人間の何気ない動作や表情のなかに、生活をするということの尊さを確認する、また生活者としての低い視線が、生きがたい現実を懸命に生き渡ってゆく人々へ、感情を添わせるように届いている。

掲出の一首は、勤務から帰る電車のなかであろうか。「昏れ方」ではあるが、まだ明るさは残っていよう。海に近い、河口付近の鉄橋なのだろうが、窓から見ると、水が鉄橋の橋脚に打ちあたりながら、海のほうへ流れてゆく。この一首にはある種の彫りの深さとでもいったものを感じるが、それは結句「海へ歸りゆく水」という表現によるだろう。単に「海へ流れゆく」というのではない。「歸りゆく」と感じたところに、歌の膨らみと奥行きが生まれた。

作者自身が帰路にあることも意識の縁にはかすかにあるだろうか。ひっそりと「橋脚にうちあたり」ながら「海へ歸りゆく水」、その水には市井の生活者としての、作者自身のひたむきな日々の営みがしずかに重ねられている。水へのいとおしみに近い思いは、また自らの生へのいとおしみでもあろう。

しかし、いっぽうでこの電車の乗客の誰ひとりとして、その水に注目している人はいないのだということにも、作者は気づいている。ただひとり田谷鋭だけが、その水の静かな営みを見ているのだ。ここには、生活に追われながら、しかし生活人となり切ってはしまえない作者の、かすかな寂しさが影を落としている。この一首の鑑賞に際しては、そのことにはいささかの注意を払っておきたいものである。

憐れまるより憎まれて生き度し朝々に頭痛き迄髪ひきつめて結う
春日真木子《かすがまきこ》『北国断片』(昭47、短歌研究社)

春日真木子の父は松田常憲《つねのり》。尾上柴舟《おのえさいしゅう》に師事し、柴舟らによって創刊された「水甕《みずがめ》」の歌人であった。常憲は、その後「水甕」の経営を引き受けることになり、長女真木子が生まれた頃は「水甕」事務局は常憲方に置かれていた。母も歌人、まさに歌の家に生まれたことになる。真木子は「水甕」の歌人たちとの付き合いのなかで成長することになったが、歌は作らなかった。「歌作りの怖しさを漠然と感じ」(『北国断片』あとがき)ていたからだという。

結婚し、長女いづみが生まれる。ところが夫は結婚後八年で亡くなってしまったのである。

「先夫の死後、まだ人々が悔みを充分述べ終らぬ裡に、私は突然歌を作りはじめた。悲しみもさりながら、口惜しさが歯を剝いて歌に向った」（同）と自ら述べる。真木子自身も「水甕」に入会して歌を始めるが、その三年後、今度は父常憲の死に対さなければならなくなり、その悲しみの癒えぬうちに、すでに決まっていた再婚のため、北海道に渡ることになったのである。その間の生活を詠ったのが『北国断片』である。

掲出歌「憐れまるより」は、『北国断片』の冒頭二首目に置かれた歌であり、春日真木子自身、自らに期するところの歌でもあったのであろう。章のタイトルが「寡婦の章」とあるとおり、再婚以前の歌である。独り生きる己れを執拗に見据えた内省的な歌が、『北国断片』の特に前半部に並んでいて息苦しいほどだ。

寡婦という立場にあることはその通りだが、そのことによって憐れまれることだけは願い下げだという、春日の強い姿勢が際立つ一首である。憐れまれるくらいなら憎まれるほうがましだ、と独りごつ。そのような己れの不幸は、その人間を鎧《よろ》わせることになる。「朝々に頭痛き迄髪ひきつめて結う」という下句には、そのような外なる世界に己れを精一杯鎧っている女性の姿が憐れにも鮮やかである。毅然と生きていたいという決意がそうさせたのであろう。肩をそびやかすように生きていた、生きざるを得なかった時代なのであった。

サンチョ・パンサ思ひつつ来て何かかなしサンチョ・パンサは降る花見上ぐ

成瀬《なるせ》　有《ゆう》『游べ、櫻の園へ』（昭51、角川書店）

成瀬有は、國學院大學在学中に岡野弘彦を知り、師事して歌を始める。それまでは体育会系であり、投手としてマウンドに立っていたと聞いたことがある。その成瀬が歌に魅せられたのは折口信夫（釈迢空）、岡野弘彦と続く國學院の歌の系譜が発する何かであったに違いない。

第一歌集『游べ、櫻の園へ』の「あとがき」では、「歌が歌でありうるのは結局その持つ音楽性をおいて他にはない、そんなあまりにも当然すぎる歌への思いをもって歌ってきた。（中略）歌の持つ音楽性、それは鎮魂と招魂の韻きというべきではないか、僕はひそかにそう感じている」と述べている。歌における音楽性を大切にし、かつそこに「鎮魂と招魂の韻き」を認めるのは、そのまま折口・岡野の系譜に直結する思想であろう。掲出歌の二首前には、

花吹きし跡すさまじき桜木の下《もと》に佇ちをり昼ふけにつつ

なる一首が置かれている。成瀬有の代表歌「サンチョ・パンサ」の歌の前座を務めるといった形で置かれた歌だが、私はこの一首に、岡野弘彦の「すさまじくひと木の桜ふぶくゆゑ身はひえびえとなりて立ちをり」(『滄浪歌』、第一、八章参照)の影響を感じている。特に「すさまじき」という表現には岡野の影が射している。師の影響とは、時にそのような露わな語法の摂取という形をとって現われるものである。

掲出歌のサンチョ・パンサは言うまでもなく、ドン・キホーテの従者。騎士道物語を読みすぎ、すっかり影響されてしまったキホーテが、ドン・キホーテ・デ・ラ・マンチャ(ラ・マンチャの騎士、キホーテ卿)と名乗って、痩せこけた愛馬ロシナンテにうち乗り、従者サンチョを連れて旅に出るこの物語は、あまりにも有名なセルバンテスの小説である。風車への体当たりなど滑稽譚として一般には受け容れられているが、世界中で聖書の次に多く出版されているというから驚く。成瀬は、その従者のサンチョ・パンサに思いをいたすのである。

サンチョ・パンサ(太鼓腹のサンチョ)を思いながらやって来てみると、なぜかかなしくなる、こうして花を降らせている桜を見上げると特に、というくらいの意味であるが、意味そのものはさほど重要ではないだろう。初めはサンチョを思っていたはずが、下句では自らがサンチョに変わってしまっているところにこの一首鑑賞のポイントがある。自らもサンチョのような存在ではないか。滑稽で、世の動きに遅れている、しかもドン・キホーテのような主人公にさえなれない存在。そんな自己省察がこの一首からは見えてくるが、一度や二度は、誰もが同じような思いに悩んだことがあるのではないだろうか。

動物園に行くたび思い深まれる鶴は怒りているにあらずや

伊藤《いとう》一彦《かずひこ》『月語抄《げつごしょう》』(昭52、国文社)

伊藤一彦は早稲田大学在学中に短歌を始め、福島泰樹、三枝昂之らと「反措定」という同人誌を出して歌人としての活動を始めた。「反措定」は七〇年安保闘争の昂揚のなかで、全共闘運動と強く連携しながら熱い政治的なメッセージを発していた集団であったが、そのなかにあって、伊藤一彦は自らの存在の根っこを問うといった、自己省察への意識が強く感じられる作品を発表していた。卒業と同時に故郷宮崎に戻り、高校教師を続けながら、歌を作り続ける。東京という華やかな中心を、地方から見続けるという視線には、東京に居ては気づかない、あるいは敢えて見ようとしないものへの視線がおのずから醸成されていくことになり、伊藤の歌の重厚な奥深さ、そして光よりは、暗さのなかにこそ人間存在の根底があるといった視点が形成されることになった。

初期の伊藤一彦の歌には動物園の歌が多かった。第一歌集『瞑鳥記』には、

鶴の首夕焼けておりどこよりもさびしきものと来し動物園

なる一首があり、これも初期の伊藤一彦を語るときにははずせない歌である。掲出の「動物園に行くたび」の歌と併せて鑑賞されるべき歌であろうか。第一歌集における「動物園の鶴」は、「どこよりもさびしきもの」としての動物園、その寂しさに寡黙に耐えている鶴への心寄せである。若さのもつ感傷性が強くあらわれている。

第二歌集『月語抄』における鶴は、怒りを内包した存在としての鶴である。ただ黙って首をかかげている鶴。しかしその静かな存在の内部では、どうしようもない怒りが溜まり、内攻しているのではないかと作者は思うのだ。しかもその思いは、動物園に行くたびに深まるとまで歌う。鶴は作者の分身であろう。作者のなかにも怒りは蓄積している。その怒りは外へ向かっ

て吐き出せばすっと解放されるといったものではなく、生きてゆく限りは引き受けなければならない類の怒りなのである。そんな怒りの存在に気づくとき、動物園も、鶴もなんと愛おしい存在と感じられることか。作者がそれらに向ける視線は限りなくやさしい。

この歌の二首あとには、

もの言わぬ卑怯について夜の厠出でたるのちも思い継ぎおり

という作品がある。この一首にも、当時の伊藤の内攻する怒りが鋭く影を落としているだろう。職場や人づきあいのなかで、都合の悪いときには口を閉ざしてしまう人間が多い。そんな姿を見せられると、むらむらと怒りがこみ上げる。それは誰にでもある反応であろうが、この一首で大切なのは、そんな卑怯は、実は自らの裡にこそ根を張っているのではないかと、深く思っている作者がいるということである。そんな見苦しい卑怯が、確かに自らのなかにもあると気づくとき、人は、他人の非を一方的に攻撃する傲慢さから少し距離を置くことができるのである。それが〈自己の相対化〉ということに他ならず、そのような自己相対化を通して、人間は謙虚になり、成長・成熟してゆくのである。

第一〇章

病と死

——死はそこに抗ひがたく立つゆゑに

中城ふみ子

相良宏

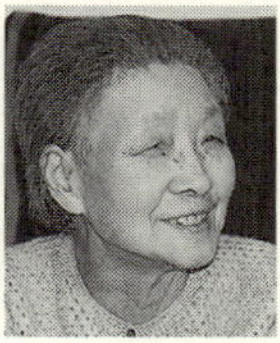
山田あき

五島美代子

木俣修

窪田章一郎

上田三四二

もゆる限りはひとに與へし乳房なれ癌の組成を何時よりと知らず

中城《なかじょう》ふみ子『乳房喪失』(昭29、作品社)

中城ふみ子が歌壇に登場したのは、昭和二九年(一九五四)四月、「短歌研究」第一回五〇首詠特選によるものであった。中城は、その二年前に乳がんのため左乳房摘出手術を受けたが、翌年右乳房にも転移し、北海道帯広で再手術を受けた。五〇首詠特選の知らせを受けたのは、札幌医大病院に入院していたときであった。新人発掘のための第一回の作品賞ということもあり、また作者が乳がんで入院中、しかも離婚歴があり、それを正面から詠っているという付加的な要素も手伝って、中城はたちまち時の人となった。因みに同賞の第二回の受賞作は寺山修司の「チエホフ祭」である。

「短歌研究」の編集長は中井英夫であった。中井は、小説家でもあり、代表作『虚無への供物』が有名であるが、当時は短歌雑誌の編集長として辣腕を振るっていた。旧態依然とした歌壇の体質をどのように刷新するかに意を注ぎ、特に新人発掘に力を発揮した。寺山修司、塚本邦雄、浜田到、春日井建など、そののちの歌壇の新しい潮流となる新人は、みな中井英夫によって歌壇へデビューした新人たちであった。まちがいなく現代短歌の潮流を形成するのに、もっとも功績のあった編集者である。

中城ふみ子は、まさに彗星のごとく登場し、五〇首詠で注目されたその四カ月後の八月、三二歳の若さで死去したのである。歌人としての実質的な活躍の期間は、数カ月という短いものであった。中井英夫が病床を見舞い、その尽力によって歌集『乳房喪失』が出版されたが、それが七月、中城の死の直前である。因みに歌集名『乳房喪失』は、五〇首詠のタイトルでもあるが、そのタイトル自体、中城が最初応募してきたものから、中井英夫の強い意向で変更されたというエピソードが残っている。編集者中井としては、なんとしてでも中城ふみ子を世に出すべく、センセーショナルなタイトルを敢えて選んだのである。中井の斡旋で、序を川端康成が書いたことでも知られる。中城の死後、第二歌集『花の原型』が出版され、また「乳房よ永遠なれ」として映画化もされるなど、大きな社会的事件となった。中井との出会いがなければ、ほとんど誰にも記憶されることがなかったはずのひとりの女性の生き様《ざま》が、わずか数カ月の歌壇へのデビューによって、かくも大きな〈事件〉として多くの人々の記憶に残ることになったのである。運命という言葉は安易に使うには重すぎるが、中城の登場とそれに続く死は、歌の運命、歌人の運命ということをわれわれに考えさせるのである。

掲出歌「もゆる限りは」は大胆な歌である。愛のよろこびに燃えるなら、自らの乳房もその燃えるかぎりを人に与えてきたと詠う。「癌の組成を何時よりと知らず」の「組成」はやや危うい用法であろう。「組成」とは、普通、専門用語としては、物質を構成している個々の成分を意味し、あるいは複数の要素を組み立てて成ることを意味する。中城がここで意図しているような、がんが発生ないしは成長してきたという意味にはならないのである。ともあれ、その燃える乳房に、いつの頃から癌は巣食い始めたのであったろうと詠うのである。愛と性、そして病と死、それらすべてを見つめ、肯定的に自らのなかに取り込もうとするかのような奔放さと大胆さが、歌壇に大きな衝撃となって走った。

冬の皺よせゐる海よ今少し生きて己れの無惨を見むか　『乳房喪失』

とも詠っているが、その「今少し」の措辞が文字通り「今少し」の時間でしかなかったことは、まことに「無惨」としか言いようがない。

「愛と性」は中城のキーワードとして誰もが用いるが、離婚した夫をはるかに憶う歌、別れ別れになった子を思う歌などは、抑えた表現であるだけに哀切な澄明さに満ちている。

出奔せし夫が住みゐるてふ四國目とづれば不思議に美しき島よ
頼りなく母をよぶ聲傳へくる長距離電話は夜のかぜのなか
『乳房喪失』

私自身は、どちらかと言えば、このような深く心に沈めている素直な悲しみを詠った歌に共感を覚える。二首目は、長く会うことのできない幼い子が、夜の長距離電話の向こうから遠い地にいる母に呼びかけるのである。そのはるかなそして頼りなく儚げな声を、夜の風の音とともに聞いている。切なく、哀れな歌である。

微笑して死にたる君とききしときあはれ鋭き嫉妬がわきぬ
相良《さがら》　宏《ひろし》『相良宏歌集』（昭31、白玉書房）

中城ふみ子が乳がんと奔放な愛の歌によって人々に記憶されるとすれば、相良宏は同じく夭折でありつつ、結核という病と慎ましい愛の沈潜によって中城と対蹠的な作品が知られていよう。相良宏は、大正一四年(一九二五)生まれ。専門学校に入学したが、すぐに結核を発病し、療養生活を余儀なくされた。歌誌「未来」の創刊と同時に入会し、その繊細な抒情と知的な対象の把握によって、早くから注目された。澄明とも言える自己観察に徹した歌からは、精神の荒れや騒々しさは感じられず、己れの死を静かな諦念とともに対象化したような作品にすぐれたものが見られる。岡井隆らとほぼ同世代であり、「未来」の当時の若手歌人たちによる合同歌集『未来歌集』によって注目された。岡井の手により、相良の死後、『相良宏歌集』がまとめられている。

相良宏は清瀬の結核研究所に入所し、療養に専念することになるが、そこで同じ「未来」の同人・福田節子に思いを寄せるようになる。節子が先に死去すると、岡井隆とともに「未来」で「福田節子特集号」を編集した。掲出の一首「微笑して死にたる君」もおそらく節子を指すと思われる。同じ療養所内とはいえ、節子の死の様子を人づてに聞いたのであろう、そのとき、彼女が最後の微笑《ほほえ》みを向けた相手は誰であったのか、相良は激しい嫉妬を覚えたのである。

「やみやせて會ふは羞《やさ》しと死の床に囁《ささや》きしとぞ君は誰がため」という歌も残している。こんなに病み痩せてお会いするのは恥しいとあなたが言った、その相手は誰であったのか、と激しく自問するのである。節子の思いを寄せる相手は誰なのか、その底ごもるような嫉妬の思いを、後に岡井隆は「おそらく相良の思慕は、達しがたい予想のもとに、微妙に、陰惨に燃えつづけた」（『相良宏歌集』解説）と書いている。

相良宏は昭和三〇年に死去するが、彼の歌はいわゆる療養短歌と呼ばれる範疇に入るだろう。結核がまだ〈死病〉として怖れられていた時代。しかも、それは若い青年男女を襲い、死までの、あるいは回復までの経過が長いことが特徴であった。空気のよい高原や郊外に隔離されて、結核病棟あるいはサナトリウムに生活をし、その範囲内での生活であったが、若い病者が多かったこともあって、恋と死に多く関わる歌が紡ぎ出された。これは短歌に限ったことではなく、いわゆるサナトリウム文学と呼ばれる流れのなかの一部である。小説の世界では、堀辰雄の『風立ちぬ』などがその代表とされる。上田三四二には『アララギの病歌人』という評論があるが、『現代短歌大系』（一一巻）の解説のなかで上田は、「私が『アララギの病歌人』を通して相良宏に見たものは、彼において結核による病歌人の長い系譜が絶えたという実感であり、彼がその最後の輝きではなかったかという感慨である」と述べている。

事実、ストレプトマイシンなどの抗生物質の普及とともに、結核は急速に〈死病〉としての認識から自由になっていったが、昭和二〇年代までは、特に若者の生を蝕む病気として怖れられたのである。

私事ながら、私の母も私が一歳のとき結核と診断され、感染性を持つことから、私は母から隔離され、近くのお寺のお婆さんに育てられた。母は二年ののちに亡くなり、私にはついに母の記憶のないままに、その〈不在〉だけが残されることになった。あと数年持ちこたえてくれれば抗生物質に間にあったのである。そんな若い病者が多く亡くなっていった時代である。

死は一つけんめいの死をぞこいねがうわが地獄胸山鳩鳴けり
山田《やまだ》あき『山河無限』（昭52、不識書院）

山田あきは夫の坪野哲久とともに、プロレタリア短歌運動に参加し、戦前には治安維持法違反で二回検挙されている。戦後はいちはやく「人民短歌」の創刊に参加し、日本母親大会の開催、内灘《うちなだ》闘争、砂川《すながわ》基地反対闘争、さらに六〇年安保闘争にも参加するなど、多くの政治闘争に積極的にかかわってきた。

「死は一つ」とは、誰にとっても死はただ一回の、ただ一つのものという思いであろう。だからこそ、なまぬるい中途半端な死であってはならぬという思いが強く作者を縛る。その死は「けんめいの死」であるべきなのだ。「けんめい」と平仮名で書かれることにより、読者にはいっそう強く「懸命」、すなわち命を懸けるという漢字がイメージされるはずだ。一首の〈見せ消《け》ち〉の技法と言えようか。そんな命を懸けた死を「こいねがう」私の胸、それは「地獄胸」だと言う。どのような胸を想像すればいいのだろう。山田あきの造語だと思われ、私にもはっきりとは断言できないが、何ごとにも妥協せず徹底する自らの性《さが》を、地獄のような混沌の渦巻くところと感じたのであろうか。そんな「地獄胸」に山鳩が鳴いていると言うのである。そのくぐもったような鳴き声は、華やかではないが、どこかに救いを感じさせる声でもあろう。

かきくらみみだれ愧じつつようやくに見えて来しなり死を立てむとす

歌集『山河無限』の冒頭作が「死は一つ」の一首であったが、掉尾《ちょうび》を飾る一首がこの「かきくらみ」の歌である。『山河無限』は昭和五二年刊。山田あき七七歳の時である。いよいよ死を身近に意識するのは当然であろう。「かきくらみ」の「かき」は、意味的には「かきまわす」の「掻く」、すなわち手などで動かす意味だが、ここでは接頭辞のように使われている。暗くなったり、乱れたり、動きやまないこのわが心を愧じながらこれまで生きてきたが、この歳になってようやく見えてきたものがある。それは紛れもない「死」なのである。そのようやく見えるようになった「死」を、くっきりと目の前に「立てむとす」と詠うのである。死を掲げることによって、己れの生きざまを際やかなものにしたいと願うのであろうか。一途な生き方を貫いた人生であった。

この向きにて　初《うひ》におかれしみどり兒の日もかくのごと子は物言《い》はざりし

五島美代子《ごとうみよこ》『新輯　母の歌集』（昭32、白玉書房）

たちまちに涙あふれて夜の市《いち》の玩具売場を脱れ来にけり

木俣《きまた》　修《おさむ》『落葉の章』（昭30、新典書房）

言うまでもなく、親にとってもっとも辛く悲しい別れは、自らの子を亡くすときであろう。五島も木俣も、わが子を亡くしたときの歌である。

五島美代子は、「母性の歌人」という呼び名が定着した歌人である。夫も歌人の五島茂。佐佐木信綱に師事して「心の花」に入会したが、後に夫・茂とともに「立春」を創刊した。また「女人短歌」の創刊にも参加している。

「母性の歌人」あるいは「母の歌人」という呼び方が定着したのは、川田順《かわだじゅん》が五島美代子の第一歌集『暖流』の序文において指摘したことによるが、「胎動のおほにしづけきこのあした吾子《あこ》の思ひもやすけかるらし」とまだ腹のなかにいる時から子を詠い、「あぶないものばかり持ちたがる子の手から次次《つぎつぎ》にものをとり上げて　ふつと寂し」と、何でも持ちたがる幼児を詠う。後の歌などは、子育てをしたことのある母親には誰にも共感できる歌であろう。

子の成長とともに、その時どきに子を詠い、母の歌の典型を作ってきた五島美代子であったが、戦後まもなく長女ひとみの急逝にあうことになる。『母の歌集』の「あとがき」には、「私は結局母としての失敗者であつた」と断じ、「この世に何を失はうともこれだけはと抱きしめてゐた珠は、一瞬にしてわが掌の中に砕け去つた。どんな苦悩に逢はうとも、この悲しみにだけはあひたくないと、念念の間に祈りおそれてゐたことに、つひに私は直面させられ、しかも、この不幸については、誰に訴へ歎くすべもない自責に、さいなまれつづけてゐる」「私は一人の子をさへ護りおほせることの出来ない母であつた。この悔いと傷みとは、私の墓場まで負つてゆくべきものであらう」と述べる。亡き子の記憶のために、そしてその「霊に供へようと」して、『暖流』以降の既刊四歌集から、子の歌を集めてなったのが、『母の歌集』である。『母の歌集』の刊行は昭和二八年(一九五三)であったが、本書では昭和三二年に増補版として刊行された『新輯 母の歌集』に拠った。本書によって五島美代子は読売文学賞を受賞している。

掲出歌「この向きにて」は「子をうしなひて」と題された連作中の冒頭歌。この一首の前には「一九五〇年一月二十六日ひとみ急逝」とのみ詞書として記されている。生まれたその日も、「この向きに」置かれていた嬰児。その子がいままた同じ向きに眠っている。あの日と同じように、いまもまたこの子が物を言うことはないのだ。その子に向かいあいつつ、誕生と死という二つの時の懸隔の大きさと、それに向かいあう母の感情のあまりの隔たりの大きさに茫然としているのである。

木俣修の一首「たちまちに」も、胸を衝く歌である。五島美代子が長女ひとみを失ったのと奇《く》しくも同じ昭和二五年の八月、木俣修は満六歳を迎えたばかりの息子・高志を亡くした。木俣はほとんど外へ出ることなく籠もり続けたという。年末になってようやく外へ出かけることができるようになり、夜の市をあるいていると、そこに玩具売場が。亡き子のことがフラッシュバックのようによみがえったのであろう。目の前の光景が息子の記憶にスパークしたとたん、

「たちまちに涙あふれ」たのである。並べられている、あるいは積まれている玩具を見たとたん、なんら思考回路を経ることなく、視覚から直接涙につながったのだ。理性ではない。作者自身にも、自分になにがおこったのかわからなかったのにちがいない。思いもかけない涙に途方にくれるように、その玩具売場を逃れ来たという。胸塞ぐ歌である。

木俣修は北原白秋に師事した。白秋の「多磨」創刊にも参加している。第一歌集『高志《こし》』は、白秋の影響の濃いもので、白秋の後継者としての高い評価を得たが、やがて彼自身「きびしい現実との対決なくして歌を生かしてゆく道はもうないだろう」と述べて時代と向き合う厳しい姿勢を鮮明にしてゆく。太平洋戦争から敗戦、そして廃墟からの再生と、向き合うべき現実の密度の濃い時代であった。これら過酷な現実は木俣の歌風に当然のことながら強い影響を及ぼすことになるが、いっぽうで身近な者の死、父、妻、白秋、息子、そして母の死などが折り重なるようにして木俣を襲い、それが木俣の歌に強い肉親愛と、さらに大きなヒューマニズムへの回路を開くことになったのである。

木俣修はまた短歌史家としても大きな貢献をした歌人であり研究者であった。その分野での業績の特筆すべきものは、『昭和短歌史』であろう。大正一五年から昭和二五年までを扱っているが、後の研究者、評論家にとって必読文献のひとつになっている。

くりかへし手をのべわが手とらしたりひさしく握りゐたまひにけり

窪田章一郎《くぼたしょういちろう》『硝子戸の外』（昭48、新星書房）

窪田章一郎の父は、窪田空穂。昭和四二年（一九六七）四月一二日に亡くなった。満九〇歳に二カ月ほど足りない歳であった。前著『近代秀歌』で私は空穂の絶詠二首を紹介しておいた。「四月七日午後の日広くまぶしかりゆれゆく如くゆれ来る如し」「まつはただ意志あるのみの今日なれど眼つぶればまぶたの重し」である。「四月八日」と小題があるので、死の四日前の作ということになる。

その空穂の死を、傍らで看病しつつ、最後まで見届けたのが、章一郎であった。「くりかへし」の作を収める「亡父哀傷歌」は五章三三首から成り、この一首は、第二章にある。第一章では死の直後の空穂の表情を敬虔な思いのなかに見つめている歌が七首並ぶが、第二章には時間的にはそれより前の、死の直前の歌九首が置かれている。

繰りかえし手をのべて、私の手を取った父。その父が長い時間、手をにぎったままじっと私を見つめたと詠うのである。自らの父ではあるが、「とらしたり」「握りゐたまひにけり」など、敬語が使われているところに、子としての親愛の情、哀別の情のほかに、近代短歌の巨匠、偉大な先人としての空穂への敬仰の思いがおのずからあらわれていよう。

同じ第二章に「〈おまへに頼みがあるが〉と常のごと言はす言葉のあとわかずただに頷く御目みつめて」「〈おまへに〉と言はす言葉をかすかに聞きとむ」という二首がある。そして、これらの歌に関して章一郎自身の次のような文章があることを、橋本喜典著『歌人窪田章一郎——生活と歌』によって知った。

「気の強い父が手をさしのべて私の手を握り、はっきりと目を見ひらき、しきりに何かを言おうとしていた。それは十二日の午前も午後もつづいたが、あとで思えば、父はおそらくこの世の別れをしていてくれたのであった。それが私にはわからなかったのである。（中略）別れてゆくときに、「お前にお前に」という言葉だけが聞きとれ、あとは言葉とならなかった、その言葉の意味は何であったろう。「頼みたいことがあるのだが」というように汲みとれた。私は大きくうなづくのみであった。父の意としたと考え得ることのすべてに従おうと、今は思っている。（中略）父が名残を惜しみ、別れを告げているとも気づかずにいたのを後悔はしない。肉親とはこういう愚かしいものなのだと、私は思うようになっている。数年前、妻を

うしなったときも、まったく同じ経験をした。」(「大法輪」昭和四二年六月号)

父が別れをしてくれているのに気づかずにいたことを申し訳なく思う章一郎であるが、それを後悔しないと言い、妻の時にもまったく同じ経験をしたことを述べながら、「肉親とはこういう愚かしいものなのだと、私は思うようになっている」と、自らを納得させるように述懐する。愛する肉親、伴侶を見送る人間にとっては、傍目《はため》にはどんなに懇ろな別れをし、送っても、どこかにまだ十分ではなかったという不全感にさいなまれるものであり、章一郎のそのような思いは、誰をも強く共感させるものだろう。章一郎も父空穂と同じく長く生き、平成一三年(二〇〇一)四月一五日、九二歳で亡くなった。

時間をチコに返してやらうといふやうに父は死にたり時間返りぬ

米川千嘉子《よねかわちかこ》『たましひに着る服なくて』(平10、砂子屋書房)

チコは、父が作者米川千嘉子を呼び慣らわしていた名前であろう。老いて、半身が動かなくなり、やがて目も見えなくなっていく父。二人暮らしの親のもとへ通う生活が始まる。

訪ふたびに着替へるやうに老いてゆく水のごとかる歩みを父に

『たましひに着る服なくて』

という歌もあり、時たま訪ねると、そのたびに老いて痩せてゆくさまが歴然とわかる。それを「着替へるやうに」と感じるのである。歌としては「着替へるやうに」と下句の「水のごとかる」と直喩が二つ重なっているところが難といえば難だが、一枚一枚薄ものに着替えるように痩せていく父を見る切なさが伝わってくる歌である。

そんな父に時間を取られていた作者。結婚をして、自分たちの生活は別にあっても、老いてゆく両親をそのままにはしておけない。歌人としての自分の時間を削っても、折りをみては親の家に足をむけてしまうのは、義務という以上の子の思いであろう。娘にとっての父親への思いはさらにそれに拍車をかける。父にもそんな娘への気遣いは当然あったのであろう。もうそんなに来なくてもいいからと、実際に口に出していたのかもしれない。来なくてもいいからと言いながらも、娘の来訪を心待ちにしている父の気持は娘には痛いほどにわかる。

そんなふうに数えきれないほど見舞った父。その父が逝ってしまったとき、米川千嘉子には、父が、「時間をチコに返してやらう」という思いから、逝ってしまったように感じられたのである。もうこのあたりでチコを解放してやりたい、そんな父の思い遣りのようにも感じられた。それはすなわち、それほどに時間を切り詰めながらの介護だったということでもあったのだ。父を訪ねながらも、いっぽうで、この時間で自分には本当はやりたいこと、やらねばならないことがあると焦っていたことも打ち消しがたく覚えていたのだろう。そんな薄情な思いをいまさらながら、うしろめたく、申し訳なく思う。先の窪田章一郎と同じく、肉親を送るという行為に決して完全ということはない。どんなに傍目には懇《ねんご》ろに介護をし、死にゆく本人が満足をして死んで行っても、残された肉親には、あるいは伴侶には必ず何かしらの後悔の念が残るものである。高齢化と言われる社会にあって、今後ますます増えてゆく親の介護の問題を、さり気なく、しかしずっしりと重い意識とともに感じさせる歌である。

先に死ぬしあはせなどを語りあひ遊びに似つる去年《こぞ》までの日よ
清水房雄《しみずふさお》『一去集《いっきょしゅう》』(昭38、白玉書房)

清水房雄は東京高等師範学校時代に、同校の先輩である五味保義を知り、「アララギ」に入会、土屋文明に師事し、「文明選歌欄」に拠って作歌を続けてきた。太平洋戦争敗戦後の「アララギ」の若手歌人の一人として、土屋文明が主導した「生活者の叫び」を己れの作歌基盤に置きつつ、作歌を続けてきた。「アララギ」では土屋文明を慕い、かつその教えを絶対として従ってきた歌人が多いが、なかでも清水房雄は、もっともその教えを忠実に自己の作歌のなかに体現してきた歌人である。文明亡き後は、「アララギ」の中心的存在であったが、平成九年(一九九七)、「アララギ」が九〇年の歴史を閉じることになって以降は、主にその後継誌のひとつである「青南《せいなん》」の柱として作歌を続けている。

『一去集』は清水房雄のあまりにも遅い第一歌集である。刊行は昭和三八年、四八歳のころであり、作歌を始めてから優に二五年は経過していた。なぜ遅くなったかについては歌集の後記に清水自身が述べているが、本来ならさらに遅くなっていたはずの第一歌集の刊行をとにもかくにも後押ししたのは、乳がんによる妻の死という厳粛な悲しみであった。「昭和三十七年七月一日、妻の死と共に私は死んだ」と自ら記すが、その妻の一周忌を期して、妻のためにまとめたのがこの歌集である。『一去集』の後半には、妻の発病から死に至るまでの膨大な数の歌が収録されている。

どちらが先に死ぬか、などという話題は、夫婦がそれぞれ健康なときにのみお互いの軽口を楽しめるものである。たいていは男が先に死ぬと決めている。統計的にもそれはその通りなのだが、後に残されるのはたまらないと、「俺が先に死んだら」などと言うのはたいてい男である。清水房雄夫婦のあいだにも、そんな軽い会話が交わされていたのだろう。去年までは。

妻が乳がんを病み、手術をしたが、病状はどんどん進んでゆく。いよいよ予断を許さない状況になってきたときの歌である。「先に死んだほうが幸せだよな」などという軽口が、お互いを傷つける言葉とならなかった去年までの日々。この一首では、「去年までの日」を詠いつつ、しかし歌が厳然と指示しているのは、いま現在の時間そのものである。「去年までの日よ」と詠われるなかの「よ」という感嘆詞は、否応なく読者を、清水房雄の〈現在〉に引き戻すのである。露わに現在が詠われていないだけ、言葉としては何も言われていない〈現在〉を強く印象づける構造に、この歌はなっている。

なほつたら歸つたらと言ふ枕べに寂しくわれはパン食ひをはる　『一去集』
死ぬまでに指輪が一つ欲しと言ひしそれより長く長く病臥《やみふ》す

病院のベッドで妻が口癖のように言うのは「なほつたら歸つたら」という「たら」である。それで時代ということもあろうが、清水は、妻には最後までその病気の名前を告げなかった。それで良かったと自身で書いているが、病状が最終段階に入っていることを知っている夫には、そんな妻の希望的観測の言葉は辛い。言葉を返せないのである。のどを通りにくいパンを無理に押し込む。

また、自らと結婚したばかりに、貧困という局面に向かわざるを得なかった妻を不憫に思うのもこのような時であろう。「死ぬまでに指輪が一つ欲し」というのは、なんと慎ましい妻の望みであろうか。そんなささやかな、そして慎ましい望みさえ、いまとなっては、たとえ叶えてやってももはや意味を持たなくなってしまったことが悲しい。

妻がいままさに死に赴こうとしているとき、夫たる男に去来するのは、後悔の思いばかりである。なぜもっと早く気づいてやれなかったのか、なぜもっと喜ばせてやれる言葉をかけてやれなかったのか、なぜもっと一緒の時間を持てなかったのか。そのような悔いは、妻の死という場面に出合えば、世の多くの男性が共感するところであろう。子供を三人も抱えて、妻に先立たれた清水房雄は、そのような典型的な男の悲哀を、冷静なしかも的確な視点から、包むことなく詠い、大きなインパクトをもった歌集となった。

死はそこに抗ひがたく立つゆゑに生きてゐる一日《ひとひ》一日はいづみ

上田三四二《うえだみよじ》『湧井《わくい》』（昭50、角川書店）

上田三四二は、医師であり、歌人であり、評論家であり、そして小説家として、精力的な活動をしてきた作家であったが、昭和四一年（一九六六）結腸がんの宣告を受け、手術をすることになった。手術は成功したが、この体験は上田にとって生涯の転機となった。上田自身が京都大学医学部を出た内科の医師であり、専門は結核であったが、がんの病理についても当然のことながらよく知っている。医師という職業は（私のように医学に関係した基礎研究に携わっている人間も同様だが）、こういうとき残酷なものである。自らが置かれている現在の状況と今後の進行が、否応なく自分でわかってしまうからである。

掲出歌では、まず「死はそこに抗ひがたく立つゆゑに」と詠われる。がんの宣告直後の歌である。昭和四一年という時点で考えれば、がんであるという宣告は現在と較べものにならないほどに重い、深刻なものであったに違いない。医師の上田にして、「死はそこに抗ひがたく立つ」と感じざるを得ない衝撃的なものであったのである。

在原業平に、「つひにゆく道とはかねて聞きしかどきのふけふとは思はざりしを」（『古今集』哀傷）という一首があるが、人は死という絶対的な〈無〉から、遂には逃れられない存在である。いつかは死ぬ、しかし、それははるかかなたにあると思っていられるからこそ、今日を思い患うことなく過ごしている。「きのふけふとは思は」ないという気楽さが、現在の生を平穏ならしめているのである。

その「死」が、もうすぐそこに立っている、いや目の前に立ちはだかっていると感じたのが、がん宣告ののちの上田の歌である。死が立ちはだかっているからこそ、いまという時点での生が愛しく思われる。「生きてゐる一日一日」が泉のように清らかで、健気で、かけがえのない大切な時間であると実感されたのである。

それは上田だけの衝撃ではなかった。「たすからぬ病と知りしひと夜経てわれより妻の十年《とせ》老いたり」（『湧井』）とも詠われている。夫のがんの宣告は、なにより妻に大きな衝撃を与えた。帰って妻にそれを告げたのであろう。たった一晩で、妻は夫より一〇年も老けこんでしまったと、その夫は嘆くのである。

残年を充たしめたまへ過ぎしひとの年譜をわが齢《よはひ》より読みはじむ　『湧井』

手術ののちの歌である。手術は成功し、少しずつ体力も回復してゆく。上田三四二はその後も評論、小説を含めた旺盛な作家活動を続けることになるが、その背後には、ここに詠われているような「残年を充たしめたまへ」という強い祈念があった。残された日々への意識、それは通常の老いに向かう意識とはおのずから違ったものであったはずである。がんとその手術を経たゆえに、残された時間への愛惜の思いはいっそう強い。

この一首では、その下句に文学者上田の厳しい視線を感じることができる。「過ぎしひとの年譜をわが齢より読みはじむ」というのである。文学の先輩であろうか。誰かの年譜を辿るとき、自分の現在の歳からその死までを辿るのだ。それまでのことは、いまの上田にとってはどうでもいい。その人が、上田の現在の歳からその死までに、なにほどの業績を成したのか、それを厳しい目が追ってゆく。意地悪な視線でもあろうが、生の時間を限られた上田にとって、「今から」死までにいったいどれほどのことができるものなのか、人の年譜にあっても、そのことがもっとも強く意識されるというのである。それはひとえに、わが〈残年〉を充実させたいという願いからであった。文学者としての上田三四二の厳しさとともに、強靱な精神を見る思いがする。

おわりに

二〇一三年のはじめに岩波新書として『近代秀歌』を刊行した。本書『現代秀歌』は、その姉妹編にあたる。岩波新書には、斎藤茂吉に『万葉秀歌』上・下があり、その弟子佐藤佐太郎に『茂吉秀歌』上・下がある。「秀歌」を近代と現代の二冊にしようとしたのは、おこがましいが、先行するこれら二つの「秀歌」を意識してのことである。

「はじめに」でも触れたように、『近代秀歌』は、私としてはわりに明確な二つのメッセージとともに送り出したつもりである。一つは、たとえ歌を作っていない人でも、あなたが日本人なら、近代の歌人たちが遺したこの素晴らしい短歌作品を一〇〇首くらいは知っておいてほしいというものであった。全部を覚えよというのではない。どこかで聞いたね、くらいでいいのである。

知らないことは決して恥ずかしいことではない。しかし、「知らない」ということに対しては慎み深くはありたい。知らないと言ってそっぽを向いてしまうのではなく、知らないけれど、できれば知りたいとは思う。そんな形で、われわれ日本人みんなの共有財産である、近代の秀歌がみんなの目に触れて欲しい。そのようにして形成される共通の知識は、あなたと私の会話の回路を開くはずである

もう一つは、先の人々から、現代の共有財産として遺された歌の数々は、日常のなかでこそ活かしてやりたいというものであった。日常会話の端々で、あるいはある場所や風景に出会った折りに、私たちが受け継いできた歌が、ふと人びとの意識と唇の端にのぼる、こんな素晴らしい歌の、そして歌人の生き残り方はないのではないだろうか。これについては前著『近代秀歌』の「おわりに」の部分をお読みいただけるとありがたい。

前著の刊行から一年半あまり、このようにして、現代歌人の一〇〇人を択び、一〇〇首を択んでくると、とりたてて前著と違った基準を心がけたわけではないが、『近代秀歌』を択んだときとは、おのずから大きな違いがあることに気づく。『近代秀歌』に較べて、まずその多様性という点で際やかな対照をみせている気がする。現代に活躍する歌人たちの個々の職業、経歴などの多様性だけでなく、その詠われている世界の多様性に改めて目を奪われる。

第三章に「新しい表現を求めて」なる章を設けたが、前衛短歌やそれ以降の歌には、現代詩

などをはじめとする他の芸術分野からの影響も受けつつ、従来の短歌の概念からは大きくはずれた歌が作られるようになってきた。それは斬新な比喩の使用をはじめとする種々の方法論だけの問題ではなく、より根源的には、〈私〉という存在をどのように捉えようとするかにもかかわっていよう。

近代短歌においては「私」と言えば、あるいは「我」と言えば、それは作者本人を指すことは自明のことであった。しかし、「虚構の私」「私の解体」などというキャッチフレーズのもと、非自己としての〈私〉も含めて、従来の固定化した「我」の捉え方からもう少し自由になろうとしてきたのが、前衛短歌以降の現代短歌であったとも言えよう。現実的存在としての〈私〉を前提とはしていても、作中の「私」が、必ず本人でなければならないという訳ではない。望ましい「私」、こうあってほしいと思う「私」なども含めての〈私〉の拡張がはかられ、模索されてきたのである。

また、こうして択んできてつくづく感じるのは、短歌という詩形式、その作品は、私たちの生活、あるいは人生と、実に密接な距離をもって作られているということでもあった。すなわち、歌が作者の「時間」に沿っているのである。人生という時間軸に沿って、さまざまの経験をする。そのそれぞれの〈時〉に、それぞれの体験が詠われる。そんな作者の時間にピン止めされた作品は、やはりあとから読み直しても魅力的に映るものである。これは私の持論でもあるが、私が歌を作るとき、もっとも大切に考えているのは、「自分の時間にだけは嘘をつかない」という一点である。

どのような歌があってもいいし、どのような虚構が詠われていてもいい。しかし、五句三十一音の短歌として表現された言葉が、作者の〈現在〉を映していないならば、読者としてその作品につきあう意欲がいっぺんに希薄にならざるを得ない。たとえそれが回想の歌であり、詠われている「内容」が過去のものであっても、その「過去」を詠っている作者の〈現在〉が作品のなかに感じられなければ、歌としての魅力はないと私は感じる。この点については、本当はもっとスペースを割いて論じなければ誤解を招きそうであるが、ここでは私の信念くらいにとっておいていただきたい。

もう一点だけ、現代の短歌について私が感じていることを述べておきたい。それは歌は「訴《うった》う」に起源を有するという説についてである。これがどれほどに確立された説であるかはここでは問題にしないが、本書の冒頭でも述べたように、歌で自らの考え、感じたこと、思い、意見を伝えるというその特性については、もっともっと大切に考えられていいと私は思っている。私は現在、歌壇のいくつかの賞に関係し、審査委員を引き受けているが、多くの応募作について、作者が何を誰に伝えようとしているのかが希薄な作品が、特に若い世代に多くなっていることに危惧の念を抱いている。もっと自分の伝えたいことをしっかりと相手に伝えたいというスタンスでの作歌がなされてよい。

＊

自らの思いを誰かに〈伝える〉ということにおいて、歌がいかに大切な表現手段になり得るか、それは私自身の経験でもある。一〇〇人の一〇〇首について述べてきた本書の最後に、いわば本書一〇〇首の番外編として、私の一首を紹介することをお許しいただきたい。最終章「病と死」につづくものでもある。

一日が過ぎれば一日減ってゆくきみとの時間　もうすぐ夏至だ

永田和宏『夏・二〇一〇』（平24、青磁社）

妻の河野裕子に乳がんが見つかったのは、二〇〇〇年の秋であった。すぐに手術。乳房の温存手術ということになったが、その後八年間の闘病期間を経て、二〇〇八年に転移が見つかる。二年間の抗がん剤治療ののち、二〇一〇年八月一二日、帰らぬ人となった。

がんという病気は、つくづく時間の病気であると思う。手術をして、うまく行ったと言っても、いつ再発するかという不安にさいなまれる。河野にも「後《のち》の日々再発虞《おそ》れてありし日々合歓《ね》が咲くのを知らずに過ぎた」という歌がある。何よりも季節季節の花々を楽しみにしていた河野が、合歓《む》の咲いているのさえ知らずに過ぎたというのが哀れである。再発の不安は、誰にとってもそれほどに大きい。

「もうすぐ夏至だ」の一首は、河野裕子に転移が見つかってのちの歌である。一年目は抗がん剤でなんとか対処できていたものが、効く薬が当然のようにどんどん少なくなってゆく。生命科学の研究者であり、日本癌学会で活動していた時期も長かったので、私にもある程度のがんの知識はある。二年はむずかしいだろうと思っていた。その二年目の歌である。

今日一日、なんとか元気でいてくれればというのが家族の願いである。できれば愉しく暮らしたい。病気ややがてくる死の不安を感じない生活をさせたいと願う。しかし、一緒にいて愉しければ愉しいだけ、いっそうこれからの残された時間のことを思わずにはいられない。一日が過ぎれば、一日分だけともに過ごせる時間が少なくなる。まさに〈引き算の時間〉。一緒にいられるこの限られた時間に較べて、残されたあとの茫漠と長いひとりの時間を思うと、どうしていいかわからなくなるし、病人の不安より自分の不安に押しつぶされそうになっている自分を情けなくも思わざるを得ない。もうすぐ夏至がやってこようとしている。夏至からは徐々に日が短くなる。そのことも心を萎えさせるのだ。

私たち家族は、妻の河野も、子供たちもみんなが歌を詠む家族である。日常、さほど無理をして自分の感情を伝えようとしていたとは思えないが、お互いの歌を読んでいるとなんとなくそれがわかってくる。日常の言葉で言うと嘘っぽく、大仰にしか聞こえない思いも、歌でなら、照れることなく、構えることなく本心が吐露できる。あるいは歌のどこかに本当の気持ちのかけらを垣間見ることができる。

河野の病状が予断を許さないまでに悪くなっていったとき、私がいかに彼女を思っているかを、なんとか彼女自身に伝えたいと思うのは自然である。しかし、私が河野の死を思い、それを詠えば、当然河野がそれを見る。河野を思う歌を詠うことは、どうしてもその死を前提にした歌にならざるを得ない。先の一首なども、ある意味では、ほとんど挽歌と言ってもいい歌であろう。それを本人の目に触れさせるのはあまりにも残酷である。しかし、私の思いは知っておいてほしい。このどうしようもない葛藤。長く躊躇《ためら》っていた。「もうすぐ夏至だ」の一首を総合誌で発表するときだけは、事前に子供たちに相談した。一も二もなく出したらいいという返事が帰ってきた。その言葉に背を押されるようにして発表した一首である。

きみがゐてわれがまだゐる大切なこの世の時間に降る夏の雨
ともに過ごす時間いくばくさはされどわが晩年にきみはあらずも
歌は遺り歌に私は泣くだらういつか来る日のいつかを怖る

『夏・二〇一〇』

同じころ、私が作っていた歌である。「きみがゐてわれがまだゐる大切なこの世の時間」、それ以上に何を付け加える必要もないが、その時間は、もうすぐ断ち切られるはずの時間であり、「わが晩年にきみはあらずも」という厳然たる事実をどうしようもなく受け容れざるを得ない。「歌は遺り」の一首では、「いつか来る日」、それは河野の死の日である。こんな歌を抗がん剤の副作用で何も咽喉を通らなくなっている病人に見せるなどというのは文字通り酷なことである。しかし、これらの歌を通して、私の思いがまちがいなく彼女に届いていたと確信に近い思いでいられることは、妻を亡くした男の「後の日々」を支えることになった。

当然のことながら、がんが見つかって以来、河野裕子は、がんの不安、死の不安にさいなまれて、精神的に不安定な時期も長くつづいた。しかし河野は歌を作りつづけた。歌を作りつつ己の死を見つめ、死と懇《ねんご》ろになることによって、死を受け容れようとしていたような気がする。

生きてゆくとことんまでを生き抜いてそれから先は君に任せる　河野裕子『葦舟』

歌人として死にゆくよりもこの子らの母親であり君の妻として死ぬ
何年もかかりて死ぬのがきつといいあなたのご飯と歌だけ作つて

これらは河野の第一四歌集『葦舟』の歌である。説明の要もない歌だが、河野にとっても時間が、なにより夫や家族と一緒にいられる時間がかけがえのない大切なものと意識されているのがわかる。とくに再発後は、最後まで歌人として己の生を生き抜くという決意と、しかも家庭の主婦としての己をも全うしたいという意識が、これらの歌にくっきりと立ち現われてくるようである。

長生きして欲しいと誰彼数へつつつひにはあなたひとりを数ふ　河野裕子『蟬声』
さみしくてあたたかかりきこの世にて会ひ得しことを幸せと思ふ

「長生きして」の歌では、自分の死後みんなに長生きしてほしいと思うが、指折り数えてみると、ついにはあなたひとりだけ、あなたにだけは長生きしてほしいと詠い、「さみしくて」の歌では、さみしかったけれど温かかったこの世で、あなたに出逢えたことだけは幸せであったと詠う。「歌は遺り歌にわたしは泣くだらう」と詠ったとおり、これら遺された歌はどれも涙ぐましいが、それが遺された家族を支えるものとなっていることもまた間違いはない。

河野裕子は文字通り、死の前日まで歌を作り続けた。ペンや鉛筆を持つ力がなくなり、最後の二週間ほどは口述筆記であった。自宅介護を選び、家族の日常生活のすぐ傍らに病人を置いておけたのは何よりのことであった。病院での家族と病人との対面には不自然なぎこちなさが伴うが、家では日常の延長に病人がいる。家族の日常のなかに河野の最後の時間があった。河野のために、そしてなにより家族のために、そのことはとても幸せなことであった。

死の前日、河野裕子の口を漏れた最後の歌は、次の一首であった。この一首を私が自分の手で書き写せたことを、誇りに思うのである。

手をのべてあなたとあなたに触れたきに息が足りないこの世の息が　　河野裕子『蟬声』

あとがき

前著『近代秀歌』は幸い好評をいただいたようで、いろいろの場で取り上げていただき、またいくつかの大学の入学試験問題に出るなど、若い世代にも読んでほしいと考えていた私にはうれしいことだった。二年足らずのあいだに、すでに十一刷りまで刷りを重ねているのも、書いた本人としては素直にうれしい。

それとともに、当然のことながら厳しい批判もいただいた。なかでも詩人であり、評論家でもある中村稔氏からの批判は、厳しいものだった。私の記憶の間違いを糺されたものであり、それを含めて雑誌「ユリイカ」(二〇一三年七月号)に二四ページにもわたる批判が掲載されたのは、驚くとともに、ありがたくもまたものを書くことの怖ろしさを実感したことだった。

そこではいくつかの点について批判ないしは批評が加えてあったが、何よりまず石川啄木の「新しき明日の来るを信ずといふ/自分の言葉に/嘘はなけれど——」という『悲しき玩具』の一首に関連して、明治四三年のいわゆる大逆事件に触れた部分である。「いちはやくこれに反応した啄木は、新聞社に勤めているという利点を生かし、自らそれについて調査し、「時代閉塞の現状」などの論文を書いた」と書いたのである。これは中村稔氏の指摘のとおり完全に私の間違い。啄木が大逆事件について触れたのは「所謂《いわゆる》今度の事」という、死後はるか後になってから知られるようになった文章においてであった。記憶に頼らず、いちいち原典にあたるという作業の大切さを改めてかみしめたことだった。

また若山牧水の「うすべにに葉はいちはやく萌えいでて咲かむとすなり山桜花」の一首について、「染井吉野」は「江戸時代以降に主流になった桜であり」と書いた部分についても、これは明治以降の花であるとの指摘を受けた。これも私の間違いで、比較的遅く流行を始めた桜であったという知識に、その名前が干渉して「江戸時代以降」と書いたものと思われる。この二点については、第八刷以降の『近代秀歌』で訂正をしておいた。

厳しい指摘であったが、これだけ膨大な紙幅を割いて書いていただいたこと、またそのために全編をしっかり読んでいただいたことに感謝したい思いである。中村稔氏は私の尊敬する大先輩であるが、同世代のようにまっすぐな批判をしてくださった。このような読まれ方をしたことも『近代秀歌』の幸せのひとつなのでもあろう。

『タンパク質の一生』『近代秀歌』に続いて、三度《みたび》、古川義子さんにお世話になった。初めて会ってから、いつのまにかもう一〇年に近くなろうとしている。私は古いタイプの人間なのかもしれないが、できれば著者と編集者は、一冊限りの共同作業というのではなく、長くその付き合いが続いて欲しいと願うものである。その意味からは、古川さんのいつに変わらぬ励ましは、本書の進行にとってもとてもありがたいものであった。作物としての著書が、その担当編集者の名前とセットで記憶に残るということを、うれしくありがたいことだと思うのである。最後に『近代秀歌』の末尾の言葉を繰りかえして、「あとがき」を締めくくっておきたい。

「本書が多くの読者に読まれ、そして多くの歌が日常会話のなかでいきいきと語られることを夢見て「あとがき」とする。」

二〇一四年八月一二日

永田和宏

岩波新書新赤版一〇〇〇点に際して

ひとつの時代が終わったと言われて久しい。だが、その先にいかなる時代を展望するのか、私たちはその輪郭すら描きえていない。二〇世紀から持ち越した課題の多くは、未だ解決の緒を見つけることのできないままであり、二一世紀が新たに招きよせた問題も少なくない。グローバル資本主義の浸透、憎悪の連鎖、暴力の応酬——世界は混沌として深い不安の只中にある。

現代社会においては変化が常態となり、速さと新しさに絶対的な価値が与えられた。消費社会の深化と情報技術の革命は、種々の境界を無くし、人々の生活やコミュニケーションの様式を根底から変容させてきた。ライフスタイルは多様化し、一面では個人の生き方をそれぞれが選びとる時代が始まっている。同時に、新たな格差が生まれ、様々な次元での亀裂や分断が深まっている。社会や歴史に対する意識が揺らぎ、普遍的な理念に対する根本的な懐疑や、現実を変えることへの無力感がひそかに根を張りつつある。そして生きることに誰もが困難を覚える時代が到来している。

しかし、日常生活のそれぞれの場で、自由と民主主義を獲得し実践することを通じて、私たち自身がそうした閉塞を乗り超え、希望の時代の幕開けを告げてゆくことは不可能ではあるまい。そのために、いま求められていること——それは、個と個の間で開かれた対話を積み重ねながら、人間らしく生きることの条件について一人ひとりが粘り強く思考することではないか。その営みの糧となるものが、教養に外ならないと私たちは考える。歴史とは何か、よく生きるとはいかなることか、世界そして人間はどこへ向かうべきなのか——こうした根源的な問いとの格闘が、文化と知の厚みを作り出し、個人と社会を支える基盤としての教養となった。まさにそのような教養への道案内こそ、岩波新書が創刊以来、追求してきたことである。

岩波新書は、日中戦争下の一九三八年一一月に赤版として創刊された。創刊の辞は、道義の精神に則らない日本の行動を憂慮し、批判的精神と良心的行動の欠如を戒めつつ、現代人の現代的教養を刊行の目的とする、と謳っている。以後、青版、黄版、新赤版と装いを改めながら、合計二五〇〇点余りを世に問うてきた。そして、いままた新赤版が一〇〇〇点を迎えたのを機に、人間の理性と良心への信頼を再確認し、それに裏打ちされた文化を培っていく決意を込めて、新しい装丁のもとに再出発したいと思う。一冊一冊から吹き出す新風が一人でも多くの読者の許に届くこと、そして希望ある時代への想像力を豊かにかき立てることを切に願う。

（二〇〇六年四月）

永田和宏

1947年 滋賀県に生まれる．

1971年 京都大学理学部物理学科卒業．高安国世に師事し「京大短歌会」「塔」会員に．1992年より「塔」主宰．宮中歌会始詠進歌選者，朝日新聞歌壇選者．2009年紫綬褒章受章．

現在一歌人，細胞生物学者．JT生命誌研究館館長．京都大学名誉教授．京都産業大学名誉教授．

主要歌集一『メビウスの地平』(茱萸叢書)，『饗庭』(砂子屋書房，若山牧水賞・読売文学賞)，『風位』(短歌研究社，芸術選奨文部科学大臣賞・迢空賞)，『後の日々』(角川書店，斎藤茂吉短歌文学賞)，『夏・二〇一〇』(青磁社)．

他に『近代秀歌』(岩波新書)『作歌のヒント』(NHK出版)『もうすぐ夏至だ』(白水社)『歌に私は泣くだらう』(新潮社)，夫人の河野裕子との共著『京都うた紀行』(京都新聞)『たとへば君』(文藝春秋)，細胞生物学者として『タンパク質の一生』(岩波新書)『生命の内と外』(新潮選書)他，多数著作がある．

現代秀歌　　岩波新書(新赤版)1507

2014年10月21日　第1刷発行
2025年1月24日　第12刷発行

著　者　永田和宏《ながたかずひろ》

発行者　坂本政謙

発行所　株式会社 岩波書店
〒101-8002 東京都千代田区一ツ橋2-5-5
案内 03-5210-4000　営業部 03-5210-4111
https://www.iwanami.co.jp/

新書編集部 03-5210-4054
https://www.iwanami.co.jp/sin/

印刷・精興社　カバー・半七印刷　製本・中永製本

ISBN 978-4-00-431507-0　　Printed in Japan

歌索引

(50音順．太字は100首にとりあげた歌を示す．字体については原則として新字を用い，仮名遣いは原作品のままとした．ただし配列順は新仮名遣いによった．)

100首にとりあげた歌人一覧

（50音順．順に，名前，よみ，生没年，生地，所属結社・雑誌，本書で作品をとりあげた歌集名，作品が登場する頁〈太字は100首にとりあげた歌を含む頁〉を示す．所属結社などは主要なもののみとした．）

阿木津英　あきつ えい　昭和25(1950)～
福岡県生／「牙」「未来」「あまだむ」「八雁」／『白微光』／**82**

秋葉四郎　あきば しろう　昭和12(1937)～
千葉県生／「歩道」／『極光』／**162**

池田はるみ　いけだ はるみ　昭和23(1948)～
和歌山県生／「未来」／『妣が国　大阪』『ガーゼ』／**168**, 170

石川不二子　いしかわ ふじこ　昭和8(1933)～
神奈川県生／「心の花」／『牧歌』／**35**, 36

石田比呂志　いしだ ひろし　昭和5(1930)～平成23(2011)
福岡県生／「未来」「牙」／『蟬聲集』／**108**

伊藤一彦　いとう かずひこ　昭和18(1943)～
宮崎県生／「心の花」「梁」／『月語抄』『瞑鳥記』／**218**, 219, 220

岩田正　いわた ただし　大正13(1924)～
東京都生／「まひる野」「かりん」／『郷心譜』『視野よぎる』／**85**, 86

上田三四二　うえだ みよじ　大正12(1923)～平成1(1989)
兵庫県生／『湧井』／176, **242**, 243, 244

梅内美華子　うめない みかこ　昭和45(1970)～
青森県生／「かりん」／『若月祭』『横断歩道』／**42**, 43

大島史洋　おおしま しよう　昭和19(1944)～
岐阜県生／「未来」／『いらかの世界』『わが心の帆』『燠火』／**193**, 194

大辻隆弘　おおつじ たかひろ　昭和35(1960)～
三重県生／「未来」「パピエシアン」／『抱擁韻』／**121**

大西民子　おおにし たみこ　大正13(1924)～平成6(1994)
岩手県生／「形成」「波濤」／『まぼろしの椅子』／**20**, 21

大野誠夫　おおの のぶお　大正3(1914)～昭和59(1984)

茨城県生／『薔薇祭』／**135**
岡井隆　おかい たかし　昭和3(1928)～
愛知県生／「アララギ」「未来」／『天河庭園集』『朝狩』『歳月の贈物』／**57**, 58, 59
岡野弘彦　おかの ひろひこ　大正13(1924)～
三重県生／「地中海」「人」「うたげの座」／『飛天』『冬の家族』『滄浪歌』／**16**, 176, 217
岡部桂一郎　おかべ けいいちろう　大正4(1915)～平成24(2012)
兵庫県生／「一路」「工人」「泥の会」／『戸塚閑吟集』『一点鐘』／**157**, 158
沖ななも　おき ななも　昭和20(1945)～
茨城県生／「個性」「熾」／『天の穴』『一粒』／**189**, 191
奥村晃作　おくむら こうさく　昭和11(1936)～
長野県生／「コスモス」／『三齢幼虫』『鴇色の足』／**64**, 65
尾崎左永子(松田さえこ)　おざき さえこ　昭和2(1927)～
東京都生／「歩道」「星座」／『さるびあ街』／**80**, 81
小野茂樹　おの しげき　昭和11(1936)～昭和45(1970)
東京都生／「地中海」／『羊雲離散』／**5**
香川ヒサ　かがわ ひさ　昭和22(1947)～
神奈川県生／「白路」「好日」「鱧と水仙」／『ファブリカ』／**69**, 70
柏崎驍二　かしわざき きょうじ　昭和16(1941)～
岩手県生／「コスモス」／『四十雀日記』『月白』／**170**, 172
春日真木子　かすが まきこ　大正15(1926)～
鹿児島県生／「水甕」／『北国断片』／**214**
春日井建　かすがい けん　昭和13(1938)～平成16(2004)
愛知県生／「短歌」／『未青年』／**18**, 19
加藤克巳　かとう かつみ　大正4(1915)～平成22(2010)
京都府生／「個性」／『エスプリの花』／**135**
加藤治郎　かとう じろう　昭和34(1959)～
愛知県生／「未来」／『サニー・サイド・アップ』『マイ・ロマンサー』／**66**, 68
川野里子　かわの さとこ　昭和34(1959)～

大分県生／「かりん」／『五月の王』／**192**, 193
河野裕子　かわの ゆうこ　昭和21(1946)〜平成22(2010)
熊本県生／「コスモス」「塔」／『森のやうに獣のやうに』『桜森』『葦舟』『蟬声』／6, **7**, 8, 9, 98, 176, 250, 253, 254
岸上大作　きしがみ だいさく　昭和14(1939)〜昭和35(1960)
兵庫県生／「まひる野」「具象」／『意志表示』／**136**
来嶋靖生　きじま やすお　昭和6(1931)〜
大連生／「槻の木」／『雷』／**116**
木俣修　きまた おさむ　明治39(1906)〜昭和58(1983)
滋賀県生／「多磨」「形成」／『落葉の章』／**230**
清原日出夫　きよはら ひでお　昭和11(1936)〜平成16(2004)
北海道生／「塔」「50番地」／『流氷の季』／**137**, 140
葛原妙子　くずはら たえこ　明治40(1907)〜昭和60(1985)
東京都生／「潮音」「女人短歌」「をがたま」／『葡萄木立』『朱霊』／**60**, 62
窪田章一郎　くぼた しょういちろう　明治41(1908)〜平成13(2001)
東京都生／「まひる野」／『硝子戸の外』／**234**, 235
栗木京子　くりき きょうこ　昭和29(1954)〜
愛知県生／「コスモス」「塔」／『水惑星』／**10**, 11, 12
小池光　こいけ ひかる　昭和22(1947)〜
宮城県生／「短歌人」／『廃駅』『日々の思い出』『草の庭』／**91**, 92
皇后美智子　こうごう みちこ　昭和9(1934)〜
東京都生／『瀬音』／**13**, 14
小島ゆかり　こじま ゆかり　昭和31(1956)〜
愛知県生／「コスモス」／『獅子座流星群』『月光公園』／**74**, 76
小高賢　こだか けん　昭和19(1944)〜平成26(2014)
東京都生／「かりん」／『家長』／**87**, 88
五島美代子　ごとう みよこ　明治31(1898)〜昭和53(1978)
東京都生／「心の花」「立春」／『母の歌集』『暖流』／**230**, 231
小中英之　こなか ひでゆき　昭和12(1937)〜平成13(2001)
京都府生／「短歌人」／『翼鏡』『わがからんどりえ』／**188**, 189
近藤芳美　こんどう よしみ　大正2(1913)〜平成18(2006)

朝鮮馬山浦生／「アララギ」「未来」／『早春歌』／**2**, 3
今野寿美　こんの すみ　昭和 27(1952)～
東京都生／「かりん」「りとむ」／『世紀末の桃』『鳥彦』／**96**, 98
三枝昂之　さいぐさ たかゆき　昭和 19(1944)～
山梨県生／「かりん」「りとむ」／『地の燠』『やさしき志士達の世界へ』／**102**
齋藤史　さいとう ふみ　明治 42(1909)～平成 14(2002)
東京都生／「心の花」「短歌人」「原型」／『風に燃す』『ひたくれなゐ』／**94**, 95
坂井修一　さかい しゅういち　昭和 33(1958)～
愛媛県生／「かりん」／『スピリチュアル』／**66**
相良宏　さがら ひろし　大正 14(1925)～昭和 30(1955)
東京都生／「アララギ」「未来」／『相良宏歌集』／**225**, 226
佐佐木幸綱　ささき ゆきつな　昭和 13(1938)～
東京都生／「心の花」／『直立せよ一行の詩』／**47**, 48, 126
佐藤佐太郎　さとう さたろう　明治 42(1909)～昭和 62(1987)
宮城県生／「アララギ」「歩道」／『形影』『帰潮』／**154**, 156, 176
佐藤通雅　さとう みちまさ　昭和 18(1943)～
岩手県生／「短歌人」「路上」／『昔話』／**147**
志垣澄幸　しがき すみゆき　昭和 9(1934)～
台北市生／「原型」「梁」／『空壕のある風景』／**209**, 212
篠弘　しの ひろし　昭和 8(1933)～
東京都生／「まひる野」／『濃密な都市』『至福の旅びと』『昨日の絵』／**119**, 120
島田修三　しまだ しゅうぞう　昭和 25(1950)～
神奈川県生／「まひる野」／『東海憑曲集』『東洋の秋』／**89**, 90
清水房雄　しみず ふさお　大正 4(1915)～
千葉県生／「アララギ」「青南」／『一去集』／**238**, 240
田井安曇(我妻泰)　たい あずみ(わがつま とおる)　昭和 5(1930)～
長野県生／「アララギ」「未来」「綱手」／『水のほとり』／**205**, 207
髙瀬一誌　たかせ かずし　昭和 4(1929)～平成 13(2001)

東京都生／「短歌人」／『喝采』／**110**
高野公彦　たかの きみひこ　昭和16(1941)〜
愛媛県生／「コスモス」／『汽水の光』『水木』『水行』／**39**, 40, 41
高安国世　たかやす くによ　大正2(1913)〜昭和59(1984)
大阪府生／「アララギ」「塔」／『Vorfrühling』／**32**
竹山広　たけやま ひろし　大正9(1920)〜平成22(2010)
長崎県生／「心の花」／『千日千夜』『とこしへの川』／**145**, 146
谷岡亜紀　たにおか あき　昭和34(1959)〜
高知県生／「心の花」／『臨界』／**149**
玉井清弘　たまい きよひろ　昭和15(1940)〜
愛媛県生／「まひる野」「音」／『久露』／**108**
玉城徹　たまき とおる　大正13(1924)〜平成22(2010)
宮城県生／「多磨」「うた」／『馬の首』／**106**, 107
田谷鋭　たや えい　大正6(1917)〜平成25(2013)
千葉県生／「コスモス」／『乳鏡』／**212**
俵万智　たわら まち　昭和37(1962)〜
大阪府生／「心の花」／『サラダ記念日』／**22**, 23
塚本邦雄　つかもと くにお　大正9(1920)〜平成17(2005)
滋賀県生／「日本歌人」「メトード」「玲瓏」／『水葬物語』『装飾樂句』『感幻樂』／**52**, 54
坪野哲久　つぼの てっきゅう　明治39(1906)〜昭和63(1988)
石川県生／「アララギ」「ポトナム」「鍛冶」／『桜』／**200**, 201, 202
寺山修司　てらやま しゅうじ　昭和10(1935)〜昭和58(1983)
青森県生／『空には本』／**28**
富小路禎子　とみのこうじ よしこ　大正15(1926)〜平成14(2002)
東京都生／「沃野」／『未明のしらべ』／**37**, 38
内藤明　ないとう あきら　昭和29(1954)〜
東京都生／「まひる野」「音」／『海界の雲』『斧と勾玉』／**196**
永井陽子　ながい ようこ　昭和26(1951)〜平成12(2000)
愛知県生／「短歌人」／『モーツァルトの電話帳』『なよたけ拾遺』『小さなヴァイオリンが欲しくて』／**164**, 166, 167
中城ふみ子　なかじょう ふみこ　大正11(1922)〜昭和29(1954)

北海道生／『乳房喪失』／**222**, 224, 225
成瀬有　なるせ ゆう　昭和 17(1942)～平成 24(2012)
愛知県生／「人」「白鳥」／『游べ，櫻の園へ』／**216**
花山多佳子　はなやま たかこ　昭和 23(1948)～
東京都生／「塔」／『木香薔薇』『楕円の実』『草舟』『空合』／**113**, 114, 115
馬場あき子　ばば あきこ　昭和 3(1928)～
東京都生／「まひる野」「かりん」／『雪鬼華麗』『桜花伝承』／**174**, 175
浜田到　はまだ いたる　大正 7(1918)～昭和 43(1968)
ロサンゼルス生／「工人」／『架橋』／**203**, 204
浜田康敬　はまだ やすゆき　昭和 13(1938)～
北海道生／「梁」／『望郷篇』／**117**
東直子　ひがし なおこ　昭和 38(1963)～
広島県生／「かばん」／『春原さんのリコーダー』『青卵』／**24**, 26
福島泰樹　ふくしま やすき　昭和 18(1943)～
東京都生／「心の花」「月光」／『バリケード・一九六六年二月』／**141**, 143
辺見じゅん　へんみ じゅん　昭和 14(1939)～平成 23(2011)
富山県生／「かりん」「弦」／『幻花』『雪の座』／**99**
穂村弘　ほむら ひろし　昭和 37(1962)～
北海道生／「かばん」／『シンジケート』／**124**, 126
前登志夫　まえ としお　大正 15(1926)～平成 20(2008)
奈良県生／「日本歌人」「山繭の会」／『子午線の繭』／**183**, 185
前川佐美雄　まえかわ さみお　明治 36(1903)～平成 2(1990)
奈良県生／「心の花」「日本歌人」／『大和』『植物祭』／**186**
前田透　まえだ とおる　大正 3(1914)～昭和 59(1984)
東京都生／「詩歌」／『漂流の季節』／**133**, 134
松平盟子　まつだいら めいこ　昭和 29(1954)～
愛知県生／「コスモス」「プチ★モンド」／『シュガー』／**82**
真鍋美恵子　まなべ みえこ　明治 39(1906)～平成 6(1994)
岐阜県生／「心の花」／『雲熟れやまず』／**181**, 183
水原紫苑　みずはら しおん　昭和 34(1959)～

神奈川県生／「短歌」／『びあんか』／**180**

道浦母都子　みちうら もとこ　昭和22(1947)～
和歌山県生／「未来」／『無援の抒情』／**141**

宮柊二　みや しゅうじ　大正1(1912)～昭和61(1986)
新潟県生／「多磨」「コスモス」／『山西省』『小紺珠』／**128**, 129, 130, 131, 163

宮英子　みや ひでこ　大正6(1917)～
富山県生／「多磨」「コスモス」／『幕間—アントラクト』／**162**

武川忠一　むかわ ちゅういち　大正8(1919)～平成24(2012)
長野県生／「まひる野」「音」／『氷湖』／**205**

村木道彦　むらき みちひこ　昭和17(1942)～
東京都生／『天唇』／**45**

森岡貞香　もりおか さだか　大正5(1916)～平成21(2009)
島根県生／「ポトナム」「女人短歌」「石畳」／『白蛾』／**78**

安永蕗子　やすなが ふきこ　大正9(1920)～平成24(2012)
熊本県生／「椎の木」／『冬麗』／**160**

山崎方代　やまざき ほうだい　大正3(1914)～昭和60(1985)
山梨県生／「一路」「工人」「うた」／『右左口』『こおろぎ』／**110**, 111

山田あき　やまだ あき　明治33(1900)～平成8(1996)
新潟県生／「鍛冶」「人民短歌」「氷河」／『山河無限』／**228**, 229

山中智恵子　やまなか ちえこ　大正14(1925)～平成18(2006)
愛知県生／「日本歌人」／『みずかありなむ』／176, **177**, 179

吉川宏志　よしかわ ひろし　昭和44(1969)～
宮崎県生／「塔」／『青蟬』／**61**, 62

米川千嘉子　よねかわ ちかこ　昭和34(1959)～
千葉県生／「かりん」／『たましひに着る服なくて』／**236**, 237

渡辺直己　わたなべ なおき　明治41(1908)～1939(昭和14)
広島県生／「アララギ」／『渡辺直己歌集』／**131**

渡辺松男　わたなべ まつお　昭和30(1955)～
群馬県生／「かりん」／『歩く仏像』『寒気氾濫』／**71**, 72, 73

歌集以外の主要な引用・参考文献

近藤芳美『青春の碑』第1部，垂水書房，1964／武部利男注『中国詩人選集』李白・上，岩波書店，1957／小高賢編『現代短歌の鑑賞101』新書館，1999／角川春樹『海鼠の日』文學の森，2004／角川春樹『檻』朝日新聞社，1995／角川春樹『夕鶴忌』文學の森，2013／高野公彦『うたの前線』本阿弥書店，1990／秋山虔ほか編『日本名歌集成』学燈社，1988／前登志夫『山河慟哭』朝日新聞社，1976／塚本邦雄『定型幻視論』人文書院，1972／塚本邦雄『夕暮の諧調』本阿弥書店，1988／永田和宏『表現の吃水――定型短歌論』而立書房，1981／大岡信・塚本邦雄・中井英夫責任編集『現代短歌大系』11，三一書房，1973／橋本喜典『歌人窪田章一郎――生活と歌』短歌新聞社，1998／十月会編『戦後歌人名鑑・増補改訂版』短歌新聞社，1993／馬場あき子監修『現代短歌の鑑賞事典』東京堂出版，2006／『宮柊二集』6，岩波書店，1989／『渡辺直己全集』創樹社，1994／『齋藤史全歌集』大和書房，1997